LES SABLIERS DU TEMPS

Ouvrage édité sous la direction
de Marie Desmeures

Virginie Langlois est la lauréate 2005 du prix de l'Inédit lancé en 2004 par le Festival du livre de Mouans-Sartoux, en partenariat avec *Le Monde* et les éditions Actes Sud, et avec le soutien du *Magazine littéraire* et de *Livres Hebdo*, sur le thème "Ecrivez votre journal". Elle a été distinguée par un jury d'écrivains, de journalistes et de lecteurs présidé par Malika Mokeddem. Ce prix sera renouvelé chaque année pour récompenser un manuscrit inédit. Le lauréat 2004 était Jack Boland avec *Revers de mémoire* (Actes Sud, 2005).

ISBN 978-2-7427-6294-1

VIRGINIE LANGLOIS

Les Sabliers du temps

roman

ACTES SUD

à Paule

Irak, avril 2003.
Jour de la reddition,
dix heures du soir.

J'ai rangé les linceuls, froissé un peu de verveine, effeuillé un rameau de tilleul. La nuit sera douce. Le fracas des bombes s'est tu. Je pourrai rêver ce soir. Le pays s'est rendu.

J'ai préparé deux bols de tisane sans lui demander s'il en prendrait. Le souffle des enfants endormis berce chacun de ses pas. Il est arrivé tout à l'heure au moment du repas.

Je l'ai accueilli d'un sourire. Il a seulement dit bonsoir. J'ai répondu de même, lui demandant s'il était le nouveau venu, celui qu'on attendait depuis des semaines.

— Oui, on m'appelle Yél.

— Moi, c'est Magda. Que sais-tu faire ?

— Etre là où on a besoin de moi.

Les enfants ont ri. Il n'y avait rien d'autre à dire. Il s'est assis. Je l'ai servi en continuant à sourire.

Lorsque le repas a été terminé, je me suis chargée des enfants. Je n'ai pas eu besoin de lui montrer comment s'occuper de la vaisselle. Il a rempli la grande bassine des assiettes sales, l'a portée à la lisière du champ qui borde la bâtisse. Il s'est agenouillé sur le sol pour frotter chaque plat avec le sable sec. Il a tiré seulement un seau du puits pour rincer les verres.

Je suis heureuse qu'il soit là, que ce soit lui, qu'il agisse ainsi même si je ne le connais pas.

Yél.

J'ai observé ses mouvements dans le silence de la nuit. Mon œil sait saisir la phosphorescence des silhouettes. L'absence de lumière artificielle depuis des mois, les heures passées à guetter le danger dans l'obscurité.

Je craignais qu'on ne m'envoie encore qu'un volontaire d'opérette, un fils à papa en quête d'une bonne conscience. Même les plus motivés de l'aide humanitaire rebroussent chemin dans le désert.

Il a sorti deux bougies de son sac à dos élimé. Les petites flammes font danser les cuivrés de sa peau. Il s'est assis sur les marches de pierre.

Le chat noir a ouvert ses yeux jaunes.

Son regard est assorti au liquide brûlant.

L'air est chaud, le breuvage sucré.

Que sais-tu faire ?

"Etre là où on a besoin de moi."

Il n'y avait rien d'autre à dire.

Il y a tout à faire.

S'occuper des enfants, les soigner avec ce qu'on peut, accompagner les mourants.

Travailler les champs, tirer l'eau du puits, alimenter les rigoles, arroser les maigres plants.

Remonter le mur du grand dortoir, réparer le toit, marcher des heures pour ramasser du bois.

Une fois par semaine, marcher encore plus loin jusqu'à la piste, attendre le convoi. Négocier plus de médicaments pour la prochaine fois, revenir par le village pour troquer de l'aspirine contre de la farine.

Prier.

Prier pour qu'on ne nous amène pas d'autres enfants blessés.

Prier pour que dans la nuit personne ne vienne piller.

Que sais-tu faire ?

Tout. N'importe quoi.

Je n'ai pas besoin d'un médecin. Nous avons si peu de moyens. Il n'en ferait guère plus que moi qui suis infirmière, il n'en ferait guère plus qu'une mère, surtout s'il craint le désert.

Que sais-tu faire ?

"Etre là où on a besoin de moi."

Il a économisé les mots comme il a économisé l'eau.

Jour de la reddition + 1,
sept heures du matin.

Non, je n'ai pas rêvé. Je me le suis demandé pourtant en me réveillant. Mais non. Le drap est froissé. Le sac à dos, les souliers au pied du matelas.

Yél…

Les enfants ne sont pas encore réveillés. Seul Aral n'est pas dans son lit. Avant l'aube, il s'est approché de Yél qui ne dormait plus. Ils sont partis pieds nus.

Peut-être vais-je pouvoir reprendre régulièrement mes écrits ? J'en ai besoin. Ce sont les seuls instants d'intimité dont je dispose, les seuls instants où je m'exprime dans ma langue maternelle. Les mots qui résonnent me font du bien. Et peut-être qu'un jour, si j'en vois la fin, je pourrai mieux me souvenir.

Je ne veux rien oublier.

Je suis sortie pour regarder le jour qui se lève. Je devine Yél et Aral, assis, immobiles, en haut de la colline. Deux buissons qui auraient poussé dans la nuit. Je leur ai adressé un baiser, en pensée, pour leur dire bonjour.

J'embrasse toujours les enfants sur le front, le matin au réveil, le soir au coucher.

Aral est le plus sage, le plus grand. Il doit avoir dans les quatorze ans. Il a conduit Yél sur le versant d'en face. Il aime observer les jeux de lumière de l'aube. Le soleil rasant fait courir l'ombre des grands cyprès autour de la bâtisse, comme si le temps, réveillé en sursaut, s'empressait de remonter les aiguilles des cadrans du désert.

Mais peu importe que le temps s'oublie ou se presse, le sable a recouvert la mémoire des pierres. Pourtant l'indécence des rayons du matin, accentuant les reliefs, permet d'apercevoir les traces fantomatiques d'une ancienne cité. Le Nord du désert du Néfoud n a pas été fouillé.

Les habitants des siècles passés ont édifié la bâtisse que nous occupons avec les pierres oubliées. Un long corps de ferme, trois dépendances, des enclos, des terrasses. Le puits un peu plus haut, deux imposants figuiers sur la saillie de roches plates. Avec les enfants, j'ai cultivé les trois vastes restanques au-dessus de la bâtisse. Les restanques basses, plus étroites, ressemblent de loin à des marches d'escalier. Une douzaine de cyprès émaillent de leur flamme verte l'intersection des petits murets.

Non, je n'ai pas rêvé.

Pendant que j'écris, les buissons se sont levés, en face sur le versant. Ils s'agitent. Ils courent sur le chemin en riant, poussés par les rayons du levant

Je vais m'occuper de leur déjeuner.

Même jour,
huit heures du soir.

Lorsqu'ils sont revenus de leur course matinale sur le versant d'en face, Aral et Yél parlaient à voix basse ; puis Aral s'est tu, voyant que les petits s'installaient autour de la table, que notre repas du matin était servi. Il s'est assis à table, les bras croisés, il attendait. Je lui ai versé sa tasse d'infusion rouge de fleurs d'hibiscus.

Les enfants me respectent et ceux qui sont sur pied s'affairent avec moi tout au long de la journée, mais à table je les sers. Je suis la seule femme. Je dois le faire. Yél a compris. Il s'est assis et a tendu son verre.

Aral fixait le plateau de galettes de pain. Jusqu'à aujourd'hui, c'était lui l'homme le plus âgé. Il partageait le pain et le distribuait.

Sur le chemin, il a parlé avec Yél de chaque enfant. Yél a préparé douze parts avec des gestes lents. Aral allait ouvrir la bouche pour préciser que nous ne sommes que onze. Mais Yél lui a rappelé que le désert le nourrit. Il ne doit jamais l'oublier. Cette part était pour lui.

J'étais stupéfaite. Yél s'est adressé à l'adolescent avec les subtilités syriennes de son dialecte. Ses mots ont eu d'autant plus d'autorité.

Il m'a véritablement impressionnée.

Aral vient du nord. Les enfants sont tous irakiens mais le camp se situe à proximité de la frontière jordanienne, au sud de la frontière syrienne. Certains d'entre eux sont de la troisième ou de la quatrième génération de tribus d'Arabie Saoudite, d'autres de Syrie. Les nomades des plateaux du Néfoud ne s'arrêtaient pas aux frontières.

Où peut-il avoir appris à parler ainsi ? Sa langue change suivant l'enfant auquel il s'adresse.

"Ce n'est pas à parler que j'ai réellement appris, Magda, c'est à écouter."

Moi, je parle seulement l'arabe littéraire, l'arabe des livres que j'ai lus avec mon père.

Les enfants me comprennent et c'est suffisant. Ils me comprennent parce que ce sont des enfants. Des enfants qui en ont vu d'autres mourir, des enfants qui n'ont plus aucun parent. Chacun de ceux qui sont arrivés ici est arrivé blessé. Et si on me les a amenés, c'est qu'ils allaient être abandonnés. J'ai pris soin de leur corps, de leur fièvre, de leur vie, de leurs rêves, même si je n'avais pas les mots. J'ai bercé ceux qui allaient mourir et enterré ceux que rien n'a pu sauver.

"Tu connais l'arabe car tu as lu des livres avec ton père mais tu parles avec eux parce que tu lis dans leurs yeux."

Yél en me disant cela lisait dans les miens. Je me sentais bien.

A la fin du repas, il a confié à Aral la part du désert et ils sont partis tous deux travailler la terre.

Jour de la reddition + 2,
six heures du matin.

Lorsque je lui demande qui il est, Yél élude la question. Il m'a seulement dit qu'il se prénomme Joël.

Ici, on ne peut prononcer que Yél. Quand il était enfant, on l'appelait "Guère épais".

Il m'a fait rire. Il avait l'air heureux de m'entendre rire.

Si, je t'assure, "Guère épais" ! Il faut le prononcer avec l'accent marseillais. Ma tante harcelait ma mère : "Il est guère épais ce petit, Monique ! Il mange correctement au moins ? Oui ? Peut-être qu'il ne dort pas assez ? Il est guère épais ce petit !"

Yél a forci depuis. Les muscles de ceux qui savent travailler la terre, le bois, la pierre ; la peau de ceux qui ne craignent pas le soleil, le chemin, le temps. Il est doux, poli, poli par la vie.

Il est doux dans sa façon de se raconter.

Selon lui sa tante n'avait pas vraiment tort. Il mange, oui, suffisamment, bien sûr, mais, et c'est en cela qu'elle avait raison, il dort peu. Léger comme un moineau il se laisse porter par le vent. Le souffle des bombes l'écarte toujours des éclats. Il aime aller où rien ne bouge, où tout est calme comme les petits replis d'eau sur les grèves que le courant épargne, le coin derrière les portes où la poussière s'entasse. La pression le repousse là où elle n'est plus. Il m'expliquait qu'il a fui les conflits toute sa vie, que c'est sa nature, qu'il n'a pas assez de force pour s'opposer. Il ne résiste pas mais il persiste, comme une feuille craquante au milieu des pages d'un livre. Elle ne prend pas de place, on l'oublie, pourtant elle signale un bon passage.

Je ne le croyais pas. Je n'en avais pas envie bien entendu, mais aussi, parce que ce n'est pas la faiblesse ou l'effacement qui le caractérisent, non. Plutôt la justesse, comme celle de ses premiers mots, comme celle de ses gestes, comme les nuances de son langage avec chaque enfant.

Je ne le croyais pas, cela le faisait rire.

Peu importe pour lui que ce soit vrai ou que ce ne le soit pas, il m'écoutait rire, il riait avec moi. L'important c'est cela : le présent que nous offrons. La seule vérité, c'est celle de l'instant, et là, entre nous deux, c'était celle d'un éclat de rire. La seule vérité est la conscience de l'instant : le présent. Il n'y a que ça d'important à ses yeux, le présent.

Encore faut-il être attentif à l'instant pour le sentir, pour le vivre.

Selon Yél, le passé s'invente seulement pour donner une consistance au présent. Il n'existe pas plus que le futur. Seul le présent est réel.

Les enfants s'étaient endormis. Yél avait soufflé les bougies. Il s'était rapproché de moi.

Assez parlé de lui, il voulait en savoir un peu plus sur moi, depuis combien de temps je suis là.

En fait, je ne sais même plus. Je ne sais même plus compter en mois. J'étais ici bien avant le début de la guerre officielle, mais à ce moment-là mon action n'était pas reconnue. Lorsque l'offensive américaine a commencé, tout s'est accéléré. Vingt enfants sont venus, onze sont morts. Chaque jour j'ai posé une pierre pour construire un muret.

Je joue la gravité qui égrène un temps lent, je dépose des petits rochers dans le conduit d'un sablier géant.

Le muret est long déjà, mais je n'ai pas pris soin de compter. Deux hommes sont venus, comme Yél, puis sont repartis. Cela doit faire deux mois qu'on ne m'a envoyé personne. Chaque semaine pourtant, je transmets mes demandes au convoi. Je ne sais même pas si elles parviennent jusqu'à Nadia, mon amie qui s'occupe de nous ici.

Mais oui, suis-je bête ! Sinon Yél ne serait pas là.

Je lui ai demandé d'où il vient mais il ne m'a pas répondu. Il me regardait. Il m'observait en train de parler. Il observait mes mains. J'ai presque eu envie de les cacher derrière mon dos. Mes ongles sont courts, ils ne sont pas cassés mais mes doigts sont calleux. Les pierres, les outils, le sable, ce n'est pas la plus délicate des manucures. J'ai encore la peau douce, je me demande bien comment. Peut-être le désir d'offrir aux enfants la tendresse d'une mère.

Dans la journée, j'enserre mes cheveux dans un foulard pour me protéger. Pour ne pas choquer peut-être également, je n'en suis pas sûre. Ce soir, je l'avais détaché.

Yél m'a demandé de quoi j'avais envie.

— Dis-moi. Là, maintenant.

De médicaments, de nourriture, d'un groupe électrogène, d'eau courante, d'un système de télécommunication… Il y a tellement de choses dont nous avons besoin ici. La liste est longue. Besoin. Pour tous. Il faudrait… C'est ce que j'étais tentée de répondre, il faudrait…

Mais non, la conscience de l'instant, de l'émotion de l'instant, vivre le présent, offrir un présent. Pas ce qu'il faudrait, projection de la pensée, seulement ce dont j'ai envie. Là, maintenant.

— Dis-moi.

De tendresse, de sécurité, de sexe, de plats raffinés, de jus de fruits frais… C'était ridicule. Je ne pouvais pas le dire, ni même le penser. Pas ici. Et pourtant.

— Dis-moi. Dis-moi ce que tu ressens. De quoi as-tu envie ?

Il s'est rapproché de moi, s'est glissé derrière moi, pour murmurer à mon oreille que seule la conscience du présent étanche toutes les soifs.

Pouvoir me détendre… Me laisser aller… Finalement simplement cela. Voilà ce dont j'avais envie.

Je l'ai dit.

Il a soulevé ma chevelure pour m'inviter à m'allonger. J'ai fermé les yeux, me suis étendue sur la terrasse, sous l'haleine de la nuit. Il s'est éloigné quelques instants. Lorsqu'il est revenu, j'ai tressailli à l'entrechoc délicat d'un flacon qu'il a posé sur les dalles de pierre. Une pression sur mes oreilles, un déclic, et une musique a envahi mon crâne. J'avais envie de pleurer. Une odeur de lavande embaumait l'air, il s'était huilé les mains, il s'est mis à me masser, minutieusement.

Combien de temps cela a-t-il duré ? Une heure, deux, la nuit entière ? Il a aboli chacune de mes tensions. Il a remodelé ma souplesse. Je me suis endormie.

Ce sont les pas d'Aral qui m'ont réveillée, ses pieds ont frôlé mon visage. Il est toujours le premier levé. J'étais encore allongée sur les pierres de la terrasse.

L'adolescent s'est assis, silencieux, à côté de moi, attendant Yél pour partir marcher sur l'autre versant, comme hier et, je l'ai compris, comme ils le feront les jours suivants.

Avec les autres hommes, l'adolescent ne s'est jamais lié. Il y a eu Daniel, un jeune médecin totalement paniqué par l'absence de moyens. Il n'est pas resté un mois. Puis un infirmier, William, qui voulait jouer au soldat. Il a succombé à sa paranoïa. Ni l'un ni l'autre n'ont été capables de faire face au désert.

Pour moi, d'emblée cela a été naturel. J'ai embrassé la terre de mon grand-père. Mon père, le dernier de huit enfants, y a grandi jusqu'à l'âge de neuf ans, puis il est parti à Aqaba pour apprendre à lire et à écrire. Il était intelligent. Il a intégré l'université d'Amman. Il s'est révélé brillant. Il a suivi des études scientifiques et est devenu un géologue hors pair. Lors d'une conférence en France, il a rencontré ma mère, Hélène, celle qui m'a mise au monde.

Mettre au monde : c'est ainsi que j'ai vécu mon enfance, mise au monde, offerte au monde. Mes parents n'ont cessé de voyager, de courir les déserts à la recherche des sources pétrolifères. Mon père, le soir venu, était plus à l'aise sous la tente des nomades qu'ils employaient comme guides la journée que dans les maisons des expatriés.

Lorsque l'aide humanitaire a exprimé le besoin d'une base dans le désert du Néfoud, j'ai proposé les terres que j'avais reçues en héritage. Officiellement l'OMS ne pouvait accepter mon offre parce que le pays n'était pas encore en guerre. Il ne fallait pas commettre d'impairs malgré la situation qui devenait plus qu'alarmante. Mais je suis libre, sur un terrain privé qui m'appartient, de faire ce que je veux. A l'ambassade française de Jordanie, certains ont connu mon père. Nous sommes à la limite de la frontière. C'est par leur intermédiaire que je reçois mon approvisionnement.

Un enfant pleure, je reprendrai plus tard.

Même jour,
sept heures du matin.

C'était Nabi. Un des plus petits, peut-être quatre ou cinq ans. Comparer les croissances est hasardeux. Ils sont parfois plus âgés que ce qu'ils ne paraissent, les privations ne font pas grandir.

Il se plaignait de l'oreille. Je l'ai ausculté. Pas de ganglions. J'ai eu besoin d'utiliser ma petite lampe auriculaire, mais les batteries sont vides. Les piles sont des denrées rares au convoi. J'ai imbibé un linge d'eau chaude pour le soulager. Mashir, l'aîné après Aral, l'a maintenu sur l'oreille et le cou du petit.

J'ai ouvert le sac de Yél – pas dans l'intention de le fouiller, je n'aurais pas osé le faire, de plus il est quasiment vide, un tee-shirt, un portefeuille, un livret – dans l'espoir de trouver le baladeur dont il s'est servi pour me faire écouter de la musique cette nuit. Mais l'appareil n'y est pas. Pourtant il avait les mains vides en partant, ce matin, avec Aral. Peu importe n'est-ce pas ?

La chaleur a apaisé la douleur, une fourmi est sortie du conduit auditif de Nabi, l'enfant a juste été piqué, rien de grave.

La fièvre de Yourab m'inquiète plus.

Yourab est un garçon d'une dizaine d'années, arrivé il y a seulement dix jours, avec un frère à peine plus jeune. Ils étaient tous les deux épuisés. Yourab est maigre. Je ne le connais pas assez pour évaluer sa constitution, sa résistance, son envie de vivre. L'aspirine me fait défaut.

Dans la journée, il va faire très chaud.

Jour de la reddition + 3,
fin de matinée.

Hier, lorsque Aral et Yél sont rentrés de leur course matinale, j'étais penchée sur Yourab qui gémissait. Yél a posé sa main sur le front brûlant de l'enfant qui s'est mis à délirer. Les poumons étaient pris, la respiration sifflante.

Je me suis laissée aller à pleurer. C'est la première fois que je m'autorise cela devant les enfants. Seule, le soir quand ils sont endormis, je ne cherche pas à contenir mes larmes. Mais pas devant eux, non. Devant eux, je ne me suis jamais laissée aller à la panique. Jamais.

Je savais en faisant le choix de venir ici que je ne pourrais que tourner les pages des journées sans changer l'histoire. Je peux soigner, réconforter, accompagner, mais je ne peux rien changer. Pourtant, maintenant que la guerre est finie, il me semble intolérable qu'elle puisse encore exiger le tribut d'une vie.

Yél m'a demandé de m'écarter. Il allait prendre les choses en main, s'occuper de Yourab. Il s'est agenouillé à côté de l'enfant, fermant les yeux pour s'absorber dans une prière que je ne comprenais pas. Je suis restée immobile, sans réaction, plantée, là, au milieu d'un tourment d'émotions. Yél n'est ni médecin, ni infirmier. C'est à moi de m'occuper de Yourab, je ne peux pas le laisser agir seul, je ne dois pas…, il ne faut pas…

Et pourtant.

J'ai fait confiance à cet homme penché sur le visage de l'enfant, j'ai fait confiance à cet homme récitant.

Il m'a demandé encore une fois de m'éloigner, de ne pas m'inquiéter, d'aller m'occuper des autres. Il prend en charge Yourab.

C'était étrange.

Les mots ont coulé de sa bouche dans un murmure qui n'a pourtant pas interrompu le bourdonnement de ses mantras.

J'étais interloquée, incapable de bouger.

Il s'est tourné vers moi, il souriait. Il m'a expliqué, en s'exprimant tout à fait normalement, cette fois, que dans son sac il lui restait de l'aspirine. Je pouvais aller m'occuper des autres enfants. Il avait seulement besoin qu'Aral lui apporte de l'eau dans une bassine.

Je suis presque certaine de ne pas l'avoir vu articuler la première fois qu'il s'est adressé à moi. Voilà qu'après avoir paniqué j'hallucine ! Eh bien ! La tension de ces longs mois a dû m'user plus que je ne l'imagine…

Je suis fatiguée.

Ecrire me fait du bien.

Ces derniers mois, j'ai eu souvent l'impression de vivre en apnée. Noircir le papier me permet de poser mes idées, de reprendre le fil de la vie, de ma vie.

Jour de la reddition + 4,
début d'après-midi.

Aral a emmené les grands pour arroser les champs. Je suis restée avec les plus petits. Autour de moi, ils s'amusent, ils rient. Ils m'émerveillent. Il ne me semble pas qu'enfant j'aurais eu la force pour de tels défis.

Mon père a trouvé la mort quand j'avais quatorze ans. L'éboulement d'une galerie dans une mine en Algérie. Le temps s'est arrêté, ma vie aussi. Je suis rentrée en France avec ma mère. Une maison froide à Paris. C'était ainsi. J'ai accepté. C'était ça ou la folie. Mais pendant des années je n'ai plus voulu sourire. Là-bas, la nuit, il n'y avait presque plus d'étoiles dans le ciel.

La venue de Yél me rassure. Sa présence m'apaise et il m'offre du temps. Je n'ai jamais autant écrit. Cela me fait du bien, comme je l'ai confié hier, mais en y réfléchissant je pense aussi que je le fais par crainte de la folie. Ces derniers mois m'ont peut-être plus traumatisée que ce que je n'imaginais, et maintenant que la pression se relâche j'ai peur de craquer. J'ai retrouvé mon ciel, toutes ses étoiles, et, ironie, c'est aujourd'hui que je crains la folie. Hier j'ai paniqué, j'ai cru voir Yél parler sans que ses lèvres ne bougent. Et ce matin je me suis rendu compte que l'autre soir, pendant le massage, j'ai cru entendre une musique qui n'existait pas. J'ai avoué à Yél que j'avais ouvert son sac pour récupérer les piles de son baladeur. Il a eu l'air étonné. Pas à cause de la liberté que j'avais prise – mon intention n'était pas de fouiller, il n'en doutait pas, non – mais il a eu l'air étonné que je cherche un baladeur parce qu'il ne possède aucun appareil pour diffuser de la musique ! J'ai insisté, j'ai cru qu'il se moquait de moi pour me taquiner, pour me distraire, pour me faire sourire.

Non, il n'y avait pas de musique !...

Pour ne pas perdre la face – vis-à-vis de moi-même –, j'ai rétorqué que c'était un trop-plein d'imagination. J'avais tant envie de musique que j'ai entendu de la musique.

Yél, lui, n'a absolument pas douté de ma santé d'esprit, au contraire.

"Nous entendons ce que nous croyons.

Nous percevons ce que nous croyons.

Nous comprenons ce que nous croyons.

Là est la porte de bien des réalités, Magda."

Devant mon air consterné, il a ri et m'a tiré l'oreille comme l'instituteur ferait à l'enfant boudeur. J'ai rougi.

J'ai rougi d'émotion parce que mon père faisait le même geste. Quand j'étais enfant, il me prenait rarement dans ses bras, les traditions ne le permettaient pas. Lorsqu'il avait envie de jouer avec moi, il me tirait l'oreille. Un signal que j'attendais chaque fin d'après-midi. Le jeu pouvait commencer : Fennec perché des sables. Sauter sur un rocher pour ne pas se faire attraper. S'il me faisait prisonnière, je pouvais me libérer en répondant correctement à une question. Sinon, je devenais le fennec. L'intelligence était mon joker.

J'ai révisé ainsi toutes mes leçons, entre des éclats de rire, essoufflée sur les rochers. Il m'enseignait les pierres, les plis de la Terre, les forces qui font jaillir les roses des sables. Lorsque les heures avaient écrasé le mégot du soleil dans les langues des dunes, il m'apprenait les étoiles. Un soir, je lui ai demandé qui avait eu l'idée de percer le voile de la nuit. Le scintillement des étoiles ne m'apparaissait pas comme des lumières suspendues dans un vide infini, mais plutôt comme des trous d'aiguille dans une toile tendue. Un Dieu immense et inconscient qui étendrait les draps mités de son lit chaque matin, nous plongeant ainsi dans l'obscurité et l'oubli. Ses jours seraient nos nuits, ses pleins, nos vides. Ce que nous croyons être la réalité, une illusion.

Mon père n'a pas ri. Ce soir-là, il m'a serrée dans ses bras pour me livrer un peu de sa sagesse. Je me souviens avec précision de ce moment, car même si je n'étais qu'une enfant j'ai eu la conscience aiguë de sa richesse.

"Ma fille, les hommes expliquent le monde comme ils le croient. De nos jours, on dit que Dieu n'y serait pour rien. Je ne sais pas ce qu'il en sera demain. Nos descriptions de l'univers ne sont que des images déformées de la réalité, des images écrasées par les bornes de notre pensée. Oui, tout ce que nous pensons comprendre, Magda, ne s'inscrit que dans la limite de nos croyances. Ce que je peux te dire, ma fille, avec certitude, c'est que le voile dont tu parles n'est peut-être pas tendu dans le ciel, mais il l'est sur nos esprits, à tel point que, souvent, il allonge les nuits à la longueur de nos vies."

Même jour,
après-midi.

La conscience du présent étanche toutes les soifs.

Yél a formulé ce que j'ai ressenti lorsque j'ai décidé de quitter la France.

Là-bas, plus personne ne semblait avoir conscience du présent. Trop fats, trop gras.

Je n'en pouvais plus à Paris, loin du sable et des pierres, et bien trop près de gens qui se plaignent sans arrêt. Ils étouffent sous la profusion, ils se noient dans leur confusion. Ils se perdent à coups de drogues remboursées à rétablir des équilibres qu'ils n'entretiennent jamais. Je suis infirmière, ce n'était pas ce genre de maux que je voulais soigner.

La conscience du présent étanche toutes les soifs.

Ils n'ont pas conscience de leurs présents. Ils ont tout à portée : la santé, la sécurité, l'éducation, la culture, l'art, la liberté, le choix et ils sont déprimés.

Malheureux.

C'est cela, ils n'ont pas conscience de leurs présents.

Ici, nous sommes heureux simplement avec de l'aspirine.

La conscience du présent…
Cette expression est la porte de la réalité.
Merci Yél, de me l'avoir donnée.
Je veux me la rappeler.

Les petits se sont endormis. Yél a rejoint Aral et les grands qui bêchent au-dessus de la saillie des roches plates.

Je m'exerce à la conscience du présent.

Apprendre à écouter l'instant.

J'entends les pioches qui ricochent sur les pierres sonores comme des enclumes.

J'entends.

Entre les notes métalliques des cloches de pierraille, un chuintement. Le souffle des pioches lorsqu'elles ouvrent sans résistance des entonnoirs de sable brûlants. Un chuintement. Comme celui du feutre du marteau sur la corde du piano quand la sourdine est mise.

J'entends.

La conscience du présent abolit l'espace.

Le rythme des coups répétés hypnotise mes pensées.

Mon corps est là dans l'ombre de la bâtisse.

Mon esprit brûle sous la lumière et boit la sueur qui perle sur la peau de Yél.

Les pierres et le sable, la résistance et l'offrande.

J'entends.

Nulle violence dans leurs mouvements, seulement la puissance, l'harmonie de gestes fondus en une seule cadence. Avant de pénétrer la terre, Yél a absorbé les enfants dans la prière.

Je me sens happée.

Mon corps ici, mes sens là-bas.

La conscience du présent étanche toutes les soifs, abolit l'espace. L'éternité d'un instant, comme un vertige.

J'entends.

Les coups s'accélèrent. Le sable est mouillé contre le fer de la pioche, le chuintement devient crissement, la terre est trempée. L'eau jaillit, les enfants crient.

Je peux boire l'eau, elle coule dans mon esprit.

Jour de la reddition + 5,
quatre heures de l'après-midi.

Hier, j'ai lâché mon stylo pour réveiller les petits de leur sieste et courir avec eux jusqu'à la saillie de roches plates.

La langue sombre de l'humidité s'étirait sous nos pieds. Bataille de boules de sable mouillé.

Ils n'auraient pas été plus émerveillés s'ils s'étaient ébroués dans la neige.

Lorsque nous sommes montés, l'eau commençait à ruisseler sur les plaques de pierres, sacrifiant les premières larmes à une évaporation instantanée. Le soleil, seigneur du ciel, qui passe son temps à maintenir les pierres chaudes, réclamait sa dîme.

Nous avons pleuré.

C'était bon.

Et, malgré tout, je restais incrédule.

Interrogations et tourments.

Comment est-ce possible ? La famille de mon grand-père a travaillé ces terres. Comment est-ce possible ? L'eau dans une telle abondance, si proche, à quelques coups de pioche ? Comment est-ce possible ?

Je regardais l'eau, je pleurais.

Yél s'est mis à murmurer derrière moi que l'eau manque dans le désert à celui qui ne la voit pas, à celui qui ne la croit pas.

La Terre est riche d'infinis présents.

Nous la croyons ronde. Nous pensons en avoir fait le tour parce que nous savons en parcourir l'espace mais nous sommes ignorants en ce qui concerne le temps.

Le temps est riche d'infinis présents.

Il y a, ici, plus de mondes que ce que nous n'en voyons.

A un même endroit existent la sécheresse et l'abondance, la guerre et la paix, la souffrance et l'espérance, et, entre les deux, mille et une nuances.

Je pressais la terre mouillée entre mes doigts. Les enfants s'affairaient à creuser des rigoles vers les restanques qu'ils avaient jusqu'à maintenant péniblement irriguées. Yél surveillait leurs travaux, ils ne doivent pas amener trop d'eau vers les plants de pois chiches. Ceux-ci doivent sécher sur leur pied pour être ramassés sinon les graines pourriront.

Même jour,
huit heures du soir.

Yourab, fatigué de sa fièvre, s'est endormi avant les autres enfants. Ils n'étaient pas pressés de se coucher, ils voulaient encore profiter de l'eau, mais à peine se sont-ils allongés qu'ils ont sombré dans le sommeil comme des masses.

J'ai versé dans deux verres une infusion de tilleul.

Yél souffle lentement sur la surface du breuvage brûlant qui se plisse.

Pourquoi est-il venu jusqu'ici ? Il est arrivé le jour de la paix, c'est lui qui me l'a annoncée. En fait non, ce n'est pas exact, c'était, comme je l'écris chaque jour, le jour de la reddition. La paix mettra sans aucun doute du temps à s'installer. Le pays était dans une telle misère lorsque je suis arrivée, ce n'était pourtant pas encore la guerre, la guerre déclarée.

Pourquoi suis-je venue ici ?

Je ne dois pas prendre ma tête entre mes mains lorsque je me pose cette question. Je ne dois pas prononcer ces mots sur le ton de la consternation.

Je me l'interdis.

J'ai choisi, je ne vais pas me lamenter, mais quand c'est trop difficile, quand j'ai l'impression que tout ce que je fais ou que ce don de moi sont inutiles, alors oui… je me demande pourquoi je suis venue ici. J'ai envie de baisser les bras. Malgré ma bonne volonté, je ne soulagerai pas la misère du monde, n'est-ce pas ?

Venir ici pour œuvrer.

Ici, parce que c'est la terre de mes pères reçue en héritage. Et aussi pour le désert, surtout pour le désert. Je voulais m'éloigner du brouhaha des superficialités, qu'elles soient matérielles ou émotionnelles, je voulais être plus au contact de la réalité, oui plus près. J'ai souhaité que le bruit s'arrête pour entendre le silence. Mais je me suis rendu compte que, où que nous allions, résonne dans nos têtes le bruit de nos propres trompettes. Je suis tendue par la peur de la mort, surtout celle des autres, de la souffrance aussi, de l'impuissance face à la maladie. Je suis meurtrie par l'injustice de la violence. Je suis écrasée dans mon insignifiance face à la folie du pouvoir, à l'inconscience des puissants. Combien de nuits n'ai-je pas pu dormir parce que je guettais tous mes ennemis ? Je ne suis pas dupe. Mes peurs rôdent derrière chacune de mes pensées. Le pays s'est rendu, malgré cela nous sommes toujours en danger, ce sont les faits. Mais je sens que même si je vivais dans un territoire en paix moi je ne le serais jamais.

Peut-on réellement atteindre le silence de nos pensées ?

Lorsque j'observe Yél, il semble atteindre, lui, dans chaque geste qu'il pose, le silence de ses pensées. Concentré, absorbé, sans tension apparente, en harmonie avec ce qui l'entoure, juste.

Il buvait son infusion à petites gorgées.

Peut-on réellement atteindre le silence de nos pensées ?

J'ai murmuré la question tout en écrivant.

Il m'a répondu sans se retourner, le regard fixé vers la nuit.

"Le silence n'est pas une absence de son. Il est une volonté de cohérence, de convergence, d'unité, de concentration qui déploie la connaissance instantanée. Il est le moment où l'aiguille passe par son propre chas. Il est souplesse, précision et justesse. Il est le vertige que procure la conscience soudaine de l'éternité, la conscience soudaine que tous les temps existent en un seul instant."

Jour de la reddition + 6,
six heures du matin.

Ce matin, les chaussures et le sac à dos de Yél n'étaient plus au pied du lit. Il est parti très tôt dans la nuit. C'est le jour du passage du convoi. Le rendez-vous est à plus de cinq heures d'ici.

Je me suis réveillée plus tôt qu'à l'accoutumée. Non pas que Yél ait fait du bruit en partant, non, je ne l'ai pas entendu se lever, mais le vide de sa présence, maintenant, est oppressant.

Yél, ses mots, ses gestes et ses silences, comme une réponse à mes prières. Ces derniers jours avec lui ont épaissi les minutes, ont empli la réalité, m'ont donné l'impression d'être à bord d'un bateau qui ne tangue plus sur les flots malgré les tempêtes. Le vent peut souffler, les vagues se déchaîner, le pont tient l'horizon, l'étrave ouvre l'eau avec une douceur irréelle, mue par la convergence d'une foi qui a le pouvoir de modifier les lois.

La convergence…

La vie dans le désert exige attention et respect. Il n'y a pas de temps pour des gestes inutiles, ni de place pour des pensées futiles. Nous devons être à ce que nous faisons, présents à chaque instant. Nos intentions et nos décisions se doivent de converger, conférant à chacun de nos gestes la force d'une prière. Le désert comme un couvent à ciel ouvert.

Les garçons sont beaux dans leur lit, écrasés de sommeil. Nabi, le plus jeune, dort blotti dans les bras d'Achib. Yourab n'a plus de fièvre, son souffle est régulier mais il est encore pâle. Demain, je lui préparerai une nouvelle dilution d'aspirine. Yourab n'est pas bien lourd et, puisque sa température s'est stabilisée, ce ne sera qu'à titre préventif.

Même jour,
huit heures du soir.

Yél n'est pas rentré. Il aurait dû revenir en milieu d'après-midi. Je suis partagée entre l'inquiétude et le doute.

Ce matin, pour en apprécier la concentration, j'ai porté à mes lèvres le verre d'aspirine qu'avait préparé Yél. Comme la fièvre était tombée, il ne lui avait pas fait boire le verre entier. Il faisait déjà chaud et le breuvage était presque tiède. Je n'y ai senti que la fadeur de l'amidon modifié. Oui, c'est bien cela ! Il n'y avait pas d'aspirine, seulement de la farine ! Il restait un peu de poudre tassée au fond du petit sac en papier. De la farine ! Seulement de la farine ! Yél a menti.

Pourquoi ? Pour me rassurer ? Ou s'est-il fait gruger lorsqu'il a acheté ou troqué le petit sachet. Son apparente sagesse ne l'a peut-être pas préparé aux vipères du désert !

Je l'ai laissé faire. Bon sang ! Je n'aurais pas dû ! J'aurais dû vérifier ! J'ai tant besoin de réconfort que je me laisse piéger. J'étais déjà en train de l'imaginer en faiseur de miracles ! Perplexe, je suis même montée à la saillie de roches plates pour vérifier que l'eau coulait encore, que je n'avais pas rêvé. Mais l'eau ruisselle sur les dalles naturelles et serpente dans les rigoles que les garçons ont creusées. Sous mes pieds nus, le sol était comme une mosaïque de poudre fine bordée de gerçures. La terre un instant inondée a tendu des joues lisses pour ensuite se fêler. Comme moi.

J'étais dans l'émerveillement, je suis dans le doute.

Nerveusement je dois être épuisée.

La tranche incandescente du soleil qui se levait me faisait cligner des yeux. Elle étirait sur les arêtes des pierres des ombres tranchantes. Peut-être que de là-bas, sur le versant du levant, il suffisait d'observer pour savoir que l'eau était tout près.

Aucun miracle.

J'espère en tout cas qu'il ne lui est rien arrivé.

Jour de la reddition + 7,
milieu de matinée.

Je n'ai presque pas dormi de la nuit, guettant les bruits, espérant que Yél arrive, craignant la venue de rebelles.

Je me suis levée plus en colère qu'inquiète.

En colère contre l'espoir qui use plus que ce qu'il n'a construit lorsqu'il s'évanouit.

Les enfants en se réveillant ont demandé si Yél était rentré.

Non, toujours pas.

Achib a fait une réflexion que je n'ai pas saisie, seulement le ton. Celui de la critique. Achib est un des premiers enfants que j'ai accueillis. Il a vu Daniel le jeune médecin et William l'infirmier venir, s'affoler et repartir. Il n'a pas tellement confiance. Une bonne partie des enfants se sont mis à rire avec lui, acides. Aral, d'un ordre sec, a fait cesser les moqueries. Il nous a surpris, il revenait de sa marche matinale. Il se tenait droit dans l'encadrement de la porte dans la lumière du levant. La silhouette qui se découpait dans l'iridescence des rayons du matin était celle d'un homme plus que celle d'un adolescent. Je n'avais pas remarqué comme il avait grandi ces derniers temps. Grandi et forci. Ses épaules se sont élargies. C'est un garçon musclé et vif, curieux et attentif, ce sera un homme puissant. Ce matin il m'a impressionnée par son intelligence.

A ses paroles les autres enfants ont stoppé net. Ils ont pris place autour de la table.

Aral a rompu le pain, douze parts, une pour chacun d'entre nous, une pour Yél et une pour le désert. Et il s'est mis à parler.

De l'eau tout d'abord.

L'eau…

Elle ne s'est pas tarie dans la nuit, le flux a largement forci. La veine libérée a créé un drain puissant. Aral rit. Un instant, en se levant, il s'était demandé s'il n'avait pas rêvé.

Rêver à la pluie.

Parce que, juste avant le petit matin, lorsque l'haleine des pierres est enfin refroidie, quand la faune nocturne a repris le chemin des terriers, avant que les insectes du jour ne soient réveillés, au plus dense du silence de la nuit, Aral couché à l'intérieur de la bâtisse, cinquante mètres plus bas, a entendu l'eau ruisseler sur les roches plates. Il aurait presque pu croire qu'il rêvait. Etendu sur son matelas, dans la tiédeur du dortoir, il s'est laissé aller à imaginer le plaisir de la caresse fraîche des serpents liquides.

Il s'est mis à raconter ce qu'il lui était arrivé lorsqu'il était tout jeune enfant et qu'il s'était endormi à l'ombre d'un rocher.

Un serpent était passé sur son corps. Il avait couru sur sa hanche droite, glissé entre le ferme de ses cuisses jusqu'à ses genoux qu'il avait contournés pour longer le tibia et le mollet de sa jambe gauche. Le reptile s'était faufilé entre les pierres pour se perdre dans un trou avant même qu'Aral n'ait eu le temps de s'agiter.

C'était froid, lisse et vivant.

Rien à voir avec le contact des pierres qui ont stocké l'ombre et que l'on place à même la peau pour tirer la chaleur du corps lorsqu'il est enfiévré. Les pierres sont vieilles, bénéfiques oui, mais elles lui semblent inertes. Si une vie les habite, elle est bien trop lente pour sa propre façon à lui de ressentir les palpitations de l'univers. Parfois, c'est vrai, les pierres, par leurs formes ont abrité pour lui des visages, des animaux, des qualités aussi. Il aime celles qui sont parfaitement rondes, complices de ses jeux et de ses espoirs d'unité. Dans la maison de ses parents, il avait un endroit où il en conservait un petit tas de toutes formes. Certaines d'entre elles avaient des yeux, des dents, des bouches, des pattes, des petits sujets comme des jouets. Il en ramène souvent aux enfants pour qu'ils s'en amusent. Lorsqu'il leur tend ces galets irréguliers, ils deviennent entre leurs mains des pierres précieuses.

Mais les pierres ne lui livrent pas leurs âmes. Trop lentes à son goût. Ils ne vivent pas dans le même temps.

A ses yeux, les hommes même longs de toute une vie ne sont pour les pierres que des passants. Pas comme les serpents.

Les serpents sont bien aussi froids que les pierres de l'ombre et ils se réchauffent comme elles au soleil durant les journées, mais les serpents partagent avec les hommes le même temps.

Un temps reculé, inconscient mais toujours vivant.

Aral pense que l'homme vient du serpent, que son corps s'est développé graduellement par couches épaisses autour du corps primordial d'un serpent qui pour soutenir une charpente de plus en plus lourde et complexe se serait rigidifié. L'homme a perdu sa souplesse originelle et la mémoire de son cœur d'écailles. Il ne sait plus se chauffer en épousant la terre et en s'offrant au soleil. Il ne trouve plus sa place entre les deux, il ne trouve plus sa paix entre les deux. Non, il s'est élevé de son état de rampant en écrasant alors qu'il aurait pu s'envoler.

Aral a expliqué aux enfants bouche bée qu'à ses yeux c'est la raison pour laquelle les rapaces du ciel fondent sur les serpents pour les arracher à la terre et s'en repaître. Ils montrent aux hommes la cruauté de leur inconscience. Ils montrent aux hommes les barreaux manquants de leurs échelles, celles qui devaient les mener vers le ciel.

Il manque l'homme debout, les pieds nus au milieu des serpents grouillants, un aigle posé sur son épaule.

Il manque la sagesse.

Lorsque le serpent avait traversé son corps, il l'avait ressenti comme un trait d'union vivant entre la terre et le ciel. Le reptile lui avait fait le cadeau de la caresse du feu froid. Dans la fulgurance de la conscience, Aral avait vu les extrêmes contenus en leur milieu, l'illumination qui se déploie créant et projetant dans un même souffle le haut et le bas. Et Aral avait espéré voir un jour l'homme entre les deux, l'homme aux pieds nus, droit dans les serpents grouillants, un aigle sur l'épaule.

Hier, sur le versant d'en face, à l'aube, alors qu'ils étaient en train de contempler les jeux de lumière rasante sur la bâtisse, il y avait trois serpents sur les rochers aux pieds de Yél.

Aral a conclu simplement avec cette phrase.

L'adolescent a accompli le tour de force de recaler les repères des enfants, dans le fond comme dans la forme. Il a utilisé la force des symboles sans avoir besoin de les expliquer, il a su conter.

Je suis bluffée. Je ne sais même pas si ce qu'il a raconté est véridique, ou s'il a répété des paroles déjà entendues, celles des griots qu'attendent les nomades, celles de ses pères. En tous les cas, les enfants se sont tus et je sentais dans leur écoute le respect.

Moi-même je suis troublée.

Je veux croire à la sagesse des hommes quelque part.

Je veux croire aux serpents aux pieds de Yél.

Je veux croire qu'il va venir tout à l'heure.

Même jour,
milieu d'après-midi.

Yourab n'a plus de fièvre. Il s'est réveillé de sa sieste avec la pâleur d'un convalescent. Je l'ai pris dans mes bras pour le monter à la saillie de roches plates. Aral avait laissé une grande bassine d'eau tiédir au soleil et il m'a aidée à baigner l'enfant et à le laver. Nous avons frotté sa peau avec des pierres rugueuses presque à l'équarrir comme font les matrones dans les bains de vapeur.

Racler la sueur et les miasmes de la fièvre, l'éplucher de ses peurs, poncer la peau jusqu'à désincruster la poussière si fine du désert qui pénètre les pores, le mettre à nu de ses mues pour que rien ne le retienne d'éclore.

Yourab se laissait bercer par les à-coups répétés des gestes énergiques, s'abandonnant aux pressions des bras et des mains affairés, toute sa peau, tous ses membres friands de la force des massages le poussant à une nouvelle respiration comme l'enfant au passage qui sort du ventre de sa mère.

Et sur sa peau vive, l'eau pure de la source comme un baptême.

Oui un baptême, un véritable, sans cérémonie.

Il a choisi la vie.

Dans les jours qui suivent leur arrivée ici, les enfants, quand ils ne sont pas arrivés blessés, tombent généralement malades. Ils mènent un combat en eux-mêmes dont l'issue est un choix : Vivre encore ou se laisser mourir.

S'ils sont arrivés jusqu'ici c'est que leur famille entière a probablement disparu. Certains parents cachent leurs enfants et se laissent massacrer espérant qu'ils leur survivront.

Vivre encore ou se laisser mourir ?

J'en ai pleuré onze, plus de la moitié de ceux qui m'ont été amenés.

Tilha et Nahour, deux frères de six sept ans, sont restés plusieurs jours, silencieux, immobiles, enfermés dans une cave de terre, attendant. Leur village avait été décimé. On me les a amenés une nuit en cachette. Ils étaient déshydratés, traumatisés. J'ai cru que je ne parviendrais pas à les sauver. Tilha, le plus jeune, était même inconscient. Mais ils ont trouvé de la force dans leur lien de sang.

Rester en vie pour ne pas abandonner l'autre.

Même jour,
sept heures du soir.

La journée s'est passée sans heurts, portée par la sérénité et la confiance d'Aral. La foi finalement. Oui c'est cela, la foi, sans église.

Je ne leur parle jamais de religion. J'en serais bien incapable d'ailleurs, mes parents ne m'ont pas baptisée. Mon père était musulman, je pourrais dire par convention. Je ne sais pas exactement quand sa famille s'est sédentarisée. Avant mon père, il y a probablement moins d'un siècle. Ils vivaient plus avec les lois du désert qu'avec les voies des prophètes. L'animisme était plus évident, plus naturel je crois.

C'est avec un tel héritage qu'il a découvert la pensée rationnelle lorsqu'il est allé étudier à Aqaba. Il avait plus de neuf ans. La science qu'il a explorée ensuite à l'université lui a apporté de la précision dans ses raisonnements mais elle ne s'est pas substituée à son mode de pensée. Son expérience de la vie était déjà bien ancrée. Pour lui les mécanismes de la réalité ne pouvaient être contenus dans des écrits, mais plutôt suggérés par la poésie. L'indicible plus grand que les théories, l'invisible plus étendu, bien plus étendu que nos certitudes.

Quand, petite fille, je me prenais au sérieux, il me répétait que l'immuable qualité d'une certitude c'est d'être un jour ridicule.

Ma mère, elle, était catholique dans une famille qui ne pratiquait plus. Lorsqu'elle a rencontré mon père, elle travaillait pour l'ONU, par choix, parce qu'elle ne voulait pas admettre les frontières. Elle a prouvé en épousant mon père qu'elle n'était pas qu'une idéaliste post-soixante-huitarde. Aucune barrière pour elle n'est synonyme d'obstacle.

Pas même celle de la mort.

Même si elle fut si douloureuse.

Il lui a fallu plus de trois ans pour se relever du décès de mon père. Il lui a fallu du temps pour trouver comment la tonalité qu'elle porte et que la vie venait d'éprouver pouvait servir encore. Aujourd'hui elle accompagne des hommes et des femmes atteints du sida, elle accompagne ceux dont le corps a perdu le sens des barrières.

Les barrières, les frontières…

Ma mère a tant embrassé l'amour qu'elle sait les contourner, les dépasser, les transcender pour toucher l'autre, le connaître, le rencontrer.

Les barrières, les frontières…

Et elle a tant écouté la terre qu'elle sait les placer, les polir, les étayer pour construire le respect, affirmer l'intégrité et faire fleurir la conscience.

Je l'aime, infiniment.

Elle a pleuré lorsque je lui ai annoncé mon intention de venir ici, je le sais. Mais pour elle comme pour moi c'était une évidence, la loi de la descendance : œuvrer au croisement des frontières sur la terre de mon père.

Alors non, je ne peux pas parler de religion, je n'en connais pas assez les formes, mais mes parents m'ont fait cadeau de leurs essences, et être là avec les enfants, c'est avoir la foi.

Les galettes de pain cuisent dans le four en se détachant des parois de pierre, les enfants sont affamés. Ils ont travaillé plus tard que d'ordinaire dans les restanques pour jouer avec l'eau dans les rigoles. J'ai préparé un ragoût de pois chiches, de fèves et d'oignons avec du cumin, je leur servirai avec du blé concassé. Yél ramènera sûrement de la viande, et des conserves qui me permettront de varier le menu traditionnel. Mais les enfants n'en sont en fait pas vraiment friands. Ils aiment avant tout retrouver dans leurs assiettes les odeurs et les saveurs des plats que confectionnaient leurs mères.

Je fais de mon mieux mais je ne suis pas une excellente cuisinière.

Ils raffolent des pâtisseries, mais au convoi elles sont excessivement rares et je ne sais pas les préparer. Aral n'a jamais pu m'aider à cela. Il n'a sans doute jamais observé sa mère le faire, la cuisine n'est pas la place d'un homme ici et il serait probablement vexé si je lui demandais.

Il est sorti guetter une dernière fois Yél avant que la nuit ne soit trop noire.

Sur le haut de la restanque nous avons aménagé un petit amas de rochers pour pouvoir nous abriter tout en scrutant le plateau. La bâtisse et les dépendances ne sont pas visibles si l'on vient de l'ouest. Elles ont été construites sans affleurer sur les flancs du minuscule rift dont le temps a adouci les pentes. On peut passer à moins de cent mètres sans apercevoir les constructions ni la cime des cyprès. La fin de la piste qui conduit jusqu'ici est très rarement empruntée par des véhicules et après des journées ventées le sable fin en camoufle le tracé.

Jour de la reddition + 8,
sept heures du matin.

Hier soir les enfants étaient en train d'engloutir leur repas quand nous avons entendu une sorte de raclement. D'un geste Aral nous a intimé de ne plus bouger. Les plus petits n'osaient même pas avaler leur bouchée. J'ai soufflé les lampes. Aral est sorti par-derrière se faufilant entre les éboulis des murets pour monter vers la crête sans être repéré.

Je n'avais pas peur. Si nous étions en danger, il fallait agir. Je n'avais pas le temps pour la peur. Nous étions tendus, aux aguets.

Nous avons entendu un cri de joie. Aral nous appelait.

Yél revenait du convoi.

Les enfants ont bondi et sont montés en courant, impatients de déballer le nouveau chargement. En haut de la restanque, je devinais la silhouette de Yél et ma petite troupe autour, tout excitée. Deux formes aux grandes oreilles se sont découpées dans l'obscurité stoppées net par l'accolade des garçons : deux ânes écumants. Ils étaient attelés de brancards débordants de matériel. C'est le bruit des bois raclant sur le sol qui nous avait mis en alerte.

Avant même que j'aie eu le temps d'atteindre la crête, les enfants ont commencé à dételer les bêtes. Ils se sont organisés en file avec leurs paquets, une colonne de fourmis affairées. Discipline spontanée pour jouer.

Yél donnait des instructions strictes pour le dernier attelage. Des cartons rectangulaires, longs et plats qu'il ne voulait pas leur laisser manipuler. Les enfants ont déchargé les denrées alimentaires de base, deux paniers de fruits frais, des médicaments, mais je n'ai pas vu les pièces pour le groupe électrogène. De toute façon, nous n'avons plus de carburant, pas un seul bidon.

La fin du repas a pris une tournure de fête. Yél a rapporté de nombreux fruits frais comme secs. Il a pu se charger doublement avec les ânes. A voir les quantités, il a pris sur ses propres deniers pour améliorer l'ordinaire, c'est certain. En théorie il est déconseillé de le faire mais les nouveaux venus sacrifient toujours leurs économies à coups de grandes bouffées d'altruisme, puis, quand ils réalisent que la fatalité ne leur en saura pas gré, ils s'irritent, ils s'épuisent. Les enfants ont fêté Yél, mais sans être dupes.

Les premiers temps, je craignais que, gâtés ponctuellement, ils ne deviennent capricieux. Mais en fait, mieux encore que moi, ils savent que les fleurs après la pluie dans le désert ne durent qu'une journée.

Ils prennent ce qui est offert et restent prêts à s'émerveiller.

D'un autre coté, je ne m'attendais pas à moins de générosité de la part de Yél, et l'abondance m'a rendue gaie moi aussi. Histoire d'oublier que c'est plus tard que ce sera dur. Quand ils ne restent pas, quand ils rendent les armes et, sous un prétexte de santé ou d'obligations familiales, quand ils refont leurs sacs et s'en vont.

Yél n'a pas déballé les mystérieux cartons rectangulaires, "une commande personnelle", qu'il a dû attendre une journée supplémentaire, ce qui l'a retardé. Il n'en a pas dit plus.

Je me sens ridicule mais cette nuit j'en ai rêvé, doutant des intentions de Yél.

Les camps d'aide sont surveillés voire infiltrés par des représentants d'un gouvernement ou d'un autre. Le désert du Néfoud est traversé par plusieurs frontières. Bien qu'exclusivement peuplé par des nomades et parsemé de quelques villages de paysans, il est intéressant stratégiquement. La situation du camp ici est aussi précaire qu'irrégulière. Des images de films d'espionnage ont incrusté le kaléidoscope de mes cauchemars.

Jour de la reddition + 18,
sept heures du matin.

Jour de la reddition plus dix-huit jours !
Dix-huit jours !

Je suis étonnée. Je ne m'étais pas rendu compte que j'avais lâché mon cahier depuis tant de jours.

La construction de mon "muret-calendrier" me permet de compter.

Dix-huit jours !

Le jour où Yél est arrivé, le fameux jour de la reddition, j'ai fait prendre à mon muret une autre direction. Au départ je l'avais édifié parallèle au rift et aux restanques, comme une enceinte, une intention de fortification. Mais il y a dix-huit jours j'ai symbolisé le tournant. Hop, virage à quatre-vingt-dix degrés ! On grimpe vers le plateau, on ouvre vers le haut.

Avant d'ouvrir mon cahier, je suis sortie pour compter les pierres. Dix-huit pierres supplémentaires donc dix jours sans écrire ! Oh, ce n'est pas parce que j'ai été débordée non, au contraire. Ces derniers jours se sont écoulés dans une telle douceur, une telle paix.

Il y a bien longtemps que je n'avais pas goûté un tel… un tel bonheur… Oui, bonheur…

J'ai suspendu mon stylo, ma main planant quelques secondes au-dessus des mots comme un oiseau dans les courants tièdes, pour savourer la caresse de la paix, savourer la densité de l'instant...

BONHEUR...

Et puis j'ai hésité, j'ai hésité à coucher ce mot-là sur mon cahier. Dans l'état de crise où se trouve encore la région, il peut être indécent.

Si le pays s'est rendu, la paix, elle, n'est signée que sur du papier. Si la guerre n'est plus, l'ordre, lui, n'est pas encore. Et les temps de transitions sont souvent plus cruels que ceux des rébellions. Les hommes ont soif d'un sang qui n'étanchera pourtant aucune injustice. Les pirates du désert sont comme les roses des sables. Ils fleurissent dans le choc des éléments.

Nous, ici, avec Yél et les enfants, nous sommes en paix.

Les paquets mystérieux de Yél contenaient des panneaux solaires et tout le matériel nécessaire à une petite installation. Des panneaux solaires d'une nouvelle génération, plus compacts avec un meilleur rendement, à base d'or et de silice. La poussière de la poussière du désert.

C'est ce que m'a fait remarquer Yél : Le plus noble des matériaux allié au plus simple, et l'énergie circule et l'énergie se manifeste. Une différence de potentiel, et l'énergie circule et l'énergie se manifeste.

Entre le haut et le bas, l'énergie se manifeste.

Immuable loi de la mécanique terrestre.

Je ne sais pas trop comment Yél a pu récupérer ses panneaux solaires car ils ont été développés à des fins militaires, évidemment, mais peu importe. En tout cas pour nous, ils sont bien utiles. Nous espérons à un prochain passage de convoi recevoir un dispositif de transmission, mais ce n'est pas le plus important car je m'en suis passée jusqu'à maintenant et je ne voudrais pas que nous soyons trop repérables. Officiellement mon action est toujours conduite à titre privé.

L'électricité me sert en premier lieu au fonctionnement de mon petit autoclave pour aseptiser mes instruments médicaux. C'est plus simple à mettre en œuvre qu'avec le feu et l'eau. Le bois ici, pour alimenter le feu, reste assez rare. Et je veux économiser mes produits aseptisants pour une urgence ou un déplacement.

Yél a pu alimenter en électricité deux pompes que nous utilisons pour relever l'eau aux extrémités nord et sud de notre petit rift. Ainsi nous avons pu irriguer presque toutes les restanques. Les rangées de fèves que les enfants ont plantées il y a dix jours ont déjà bien poussé.

Les ânes sont précieux pour les travaux des champs. Yél est allé une seconde fois à la rencontre du convoi avec eux, et il a chargé le ravitaillement. Notre table est généreuse en fruits frais à tous les repas. Les enfants en dix jours de ce régime-là sont déjà moins carencés. Le matin, Yél emmène avec Aral quatre des plus grands pour leur marche à l'aube sur l'autre versant : Mashir, Yanis, Maha et Achib qui, lui, avait pourtant accueilli Yél avec méfiance. Ils en reviennent rayonnants et ils ne rateraient l'heure du départ sous aucun prétexte.

Je les vois qui reviennent.

La journée sera belle.

Jour de la reddition + 20,
sept heures du matin.

Hier soir durant le repas nous avons cru entendre le bruit d'un moteur, celui d'un véhicule léger, style jeep probablement. La nuit commençait à tomber. Nous avons soufflé les bougies.

Le soir, par égard pour la nuit, nous n'utilisons pas l'électricité des batteries. Sans lumière artificielle, nous profitons mieux du spectacle des étoiles, et puis de toute façon les journées sont tellement chargées que les veillées pour les enfants ne sont pas au programme. Ils dorment de bonne heure, ils ont besoin de récupérer.

Yél et Aral se sont glissés comme des serpents jusqu'au petit amas rocheux qui nous sert de guet.

Ils n'ont observé qu'une paire de phares qui s'éloi…

Même jour. Bergerie.

Ecrire.
A tâtons.
Quelle heure ?
Début d'après-midi.
Un rayon de soleil filtre.
Pendu à la voûte de pierre.
Comme le bras d'une horloge stalactite.
Incliné vers l'est. Il doit être plus de midi.
Nous n'y voyons presque pas.
Je veux écrire malgré tout.
Tromper les heures.
Tromper la peur.

Focaliser mon esprit.

Yél, Aral et les quatre grands sont entrés en courant dans la bâtisse. J'étais en train d'écrire. Je n'ai pas fini ma phrase.

Alerte.

Un grondement sourd, un nuage de poussière, des manœuvres sur le plateau à l'ouest.

Nous nous sommes réfugiés dans les ruines de la bergerie.

J'ai couru, mon stylo et mon cahier à la main.

De la peine à écrire.

Moi qui y prenais tant de joie.

Pourtant me concentrer m'apaise.

Les enfants autour de moi sont stupéfiants.

Lorsque j'étais seule avec eux et qu'il y avait du danger, nous nous contentions de nous terrer, apeurés.

Là, Yél les a préparés, je l'ignorais.

C'est impressionnant.

Ils savent exactement comment agir.

Les grands se sont réparti les petits.

Aral s'occupe de Nabir. Mashir est avec Tilha et son frère Nahour. Yanis avec Yourab, Achib avec Maha.

Vraiment impressionnant.

Orchestré.

Chaque petit est installé dans les bras d'un grand, le dos courbé sous sa poitrine.

Comme une coquille.

Comme un écran.

Comme un écrin.

Et ils murmurent à leurs oreilles.

Je ne saisis pas les mots, ils parlent bas.

Les petits ont fermé les yeux rapidement. Certains même se sont endormis, je crois. Ils les bercent en parlant.

En quelques minutes ils se balançaient tous au même rythme, les respirations accordées.

Impressionnant. Hypnotique.

Je les observais. J'ai mis des heures à réaliser que j'avais toujours mon stylo, mon cahier à la main.

Yél n'est pas avec nous.

Lorsque nous nous sommes faufilés vers la bergerie, Aral m'a expliqué qu'il restait pour s'occuper des ânes et pour surveiller.

Les heures coulent.

Les enfants sont sereins.

Et je me laisse gagner par la douceur de leur souffle.

Jour de la reddition + 21,
aube.

Je suis assise sur la petite terrasse devant la bâtisse, mon cahier sur les genoux, mes yeux sur les lignes, mes pensées dans les pas de Yél et des grands qui sont partis pour leur marche matinale sur le versant d'en face.

Tout est redevenu normal, calme, serein.

Le danger s'est éloigné, évanoui.

C'était une patrouille américaine. Quelques jeeps, une dizaine de véhicules lourds. Ils cherchent à installer un poste de surveillance près de la frontière.

Yél les a écartés, les déroutant de notre minuscule vallée en leur indiquant la direction d'un point d'eau plus à l'ouest.

Hier soir, les enfants riaient à gorge déployée. Yél leur racontait comment il s'était fait passer pour un bédouin pouilleux. Il se moquait des soldats, les tournait en ridicule. En faisant rire les petits, il a dissipé l'énergie de la haine qui se crispait dans leur mâchoire et dans leurs souvenirs.

Tout est normal à nouveau.

C'est vers quatre heures de l'après-midi que Yél est venu nous chercher à la bergerie. Lorsqu'il a ôté la vieille porte et dégagé les pierres qui maquillaient l'entrée en éboulis, les enfants ont bâillé comme s'ils sortaient d'une nuit. Ils se sont mis à chahuter, ils s'ébrouaient d'un vulgaire cauchemar.

Ils tournaient la page sans histoire.

Pour ma part, lorsque je suis sortie de la bergerie, la lumière m'a aveuglée. Je crois bien que j'ai gardé les yeux ouverts pendant toutes ces heures dans la pénombre, forçant pour écrire, même si je n'ai pas écrit si longtemps que ça en fait. J'étais étourdie.

Pendant quelques secondes je n'ai plus reconnu les restanques, la bâtisse au-dessus de la bergerie, les figuiers à la saillie de roches plates.

Je ne voyais que du sable, des pierres, des ruines.

Les rires des enfants courant vers les ânes ont carillonné sur les rochers faisant écho au fer des sabots, aux tintements réguliers de l'eau. Les sons ont ramené ma vision, tout est redevenu normal. Les restanques m'ont paru plus parsemées de vert que jamais, les larges et râpeuses feuilles des figuiers plus généreuses en ombre.

Je redécouvrais ma terre, ma terre précieuse.

J'ai rejoint la bâtisse à grandes enjambées. Et là, essoufflée, j'ai eu de nouveau la même sensation de vertige, la transition de la lumière à l'ombre de la pièce, ma vue a vacillé. Je ne repérais pas les objets, la table, les bancs, les nattes, la vaisselle… Seulement du sable, de la poussière.

Les enfants sont entrés derrière moi, pressants, ils avaient faim. Yél a passé son bras sur mes épaules me demandant si ça allait et tout s'est éclairé.

Chaque chose à sa place.

Les enfants et la paix.

Nous n'avions pas encore discuté avec Yél de l'attitude à avoir face à une menace. C'était de la légèreté de ma part. J'ai évité le sujet, voulant croire, voulant rêver qu'il n'y aurait plus de danger. J'ai voulu me reposer…

Il est évident que, face aux rebelles, face aux pillards, nous devons nous cacher, nous protéger. Mais face à l'occupant, face au "gagnant", quelle attitude adopter ?

Nous n'avons pas de statut officiel, Yél le sait pertinemment. Je ne pourrai pas demander l'appui de mon amie Nadia qui nous fournit par l'intermédiaire de l'ambassade de Jordanie. Elle le fait parce que son père travaillait avec mon père, parce que nous sommes amies, parce qu'elle aime cette terre. Je ne peux pas la compromettre. Ici, nous ne tromperions pas une enquête, nous n'avons pas vraiment l'air d'être une famille traditionnelle et nous sommes vraiment trop près de la frontière pour ne pas être soupçonnés. Au mieux nous serions rapatriés vers un camp de réfugiés sur une grande ville. Impensable.

Je veux rester sur la terre de mes pères.

Le plus longtemps possible avec les enfants.

Que feraient-ils ailleurs sans repères ?

Nous en avons discuté avec Yél hier soir, ici même, dans la douceur de la nuit, sur la terrasse. Assis, côte à côte.

Pour lui vivre ici est une évidence.

Je suis restée silencieuse un long moment, retenant mes larmes.

Une évidence…

Et un bonheur.

Vivre dans le désert comme quand j'étais enfant.

Redevenir une enfant.

J'avais envie de rire. La tension de la journée peut-être aussi qui se dissipait. Je voulais qu'il raconte rien que pour moi comment il avait dupé les soldats. Je voulais qu'il soit le vieux bédouin puant et qu'il m'effraie pour rire.

Il a sauté du plancher de la terrasse sur le sol entraînant avec lui le vieux tapis. Il s'est recroquevillé, s'est enroulé dedans. Il me tournait le dos. Quand il s'est retourné, se redressant, tordu, comme perclus d'arthrose, le visage sale de la poussière qu'il venait de ramasser, j'ai retenu un mouvement de recul. Il plissait ses yeux presque à les fermer. Deux trous d'aiguille dans un visage aux traits ridés. Le regard fuyant, il courbait l'échine se rapprochant de moi, les doigts écrasant un pou imaginaire dans une tignasse emmêlée.

Métamorphose théâtrale, même sa voix me surprenait.

Il chuintait entre ses dents que j'ai cru voir gâtées dans l'obscurité. Avait-il eu le temps de les noircir avec un débris de bois ?

"Nous entendons ce que nous croyons, Magda. Nous voyons ce que nous imaginons. Le lieutenant ce matin, malgré sa paranoïa, manquait d'imagination. Les nomades pour lui sont sales, vieux et laids. Il ne fallait pas beaucoup forcer son orgueil pour qu'il voie un pouilleux ! A ceux qui exercent leur esprit, il n'est pas impossible de modeler la réalité car elle n'est qu'illusion, Magda, une illusion relative aux perceptions. Nous voyons ce que nous imaginons."

Il s'est redressé de toute sa hauteur, s'est épousseté, a laissé tomber le tapis à terre, son sourire lumineux a lissé son visage. Sa voix est redevenue claire, ses yeux doux. Dans le scintillement des pierres, je le trouvais majestueux.

J'avais envie que ce moment ne se termine jamais.

Je me sentais si bien dans le soir tiède. Les enfants dormaient déjà à poings fermés. Ils sont tombés comme des masses dès que le soleil s'est couché. Pourtant ils avaient dormi de longues heures quand nous étions enfermés dans la bergerie. J'en faisais la remarque à Yél qui s'est mis à rire en s'asseyant à côté de moi.

"Nous voyons ce que nous imaginons, Magda, je viens juste de te le dire ! Tu as observé que les enfants avaient les yeux fermés, peut-être même les traits détendus. Tu en as conclu qu'ils dormaient. Moi je dirais qu'ils jouaient. Ils jouaient et ça les a épuisés !"

Yél m'a expliqué ce qu'il a enseigné aux grands, ce qu'il leur apprend chaque matin en marchant. En cas de danger chacun doit prendre en charge un plus petit et le faire jouer.

Les pensées aimantent les réalités plus sûrement que la lumière traversant les fenêtres attire les pillards. Il ne suffit pas de souffler les bougies, il faut éteindre les pensées.

Atteindre le silence de ses pensées…

J'ai espéré y parvenir ici où la vie rudimentaire n'autorise que les gestes nécessaires.

Mais Yél m'a expliqué que lorsque ces enfants-là sont en danger il leur est difficile de faire taire leurs pensées. Leur imagination projette avec une énergie inouïe leurs peurs, leurs traumatismes à vif, elle traverse les fenêtres, coule dans la vallée, se répand sur les plateaux, se faufile entre les pierres, et l'ennemi lève le nez comme le chien flaire le gibier.

Non, pour protéger les enfants, il faut parvenir à focaliser leurs pensées, tresser leurs pensées en une trame commune.

Il faut jouer.

Jouer, simplement jouer.

Naturellement.

Ce sont des enfants.

Que font-ils les enfants trop nourris dans nos grandes villes ? Devant un écran, une manette dans les mains, ils sont capables de s'absorber des heures entières dans des mondes inventés. Les jeux de guerre sont prisés. Nous vivons au cœur d'une réalité que d'autres ont besoin de fantasmer. Ironie, serions-nous privilégiés ?!

Oui, je pense comprendre tout cela, et que les enfants dans la bergerie en jouant aient perdu la notion du temps, mais comment s'y sont pris les grands ?

Avec un soupçon de lassitude dans la voix, qui m'a donné le désagréable sentiment d'être un peu attardée, Yél m'a expliqué posément que nos technologies sont la plupart du temps des béquilles : des béquilles parce que nous ne savons pas et nous ne cherchons pas à utiliser notre esprit.

L'industrie, l'économie happent avec une telle frénésie l'énergie que nous n'avons plus le temps ou, même pire, l'idée d'explorer les voies de l'esprit. Nous accédons à des mondes imaginaires par des écrans, des jeux et des manettes alors que le rythme d'un chant permet naturellement de le faire.

Le rythme des murmures des grands a canalisé la conscience des petits. Yél leur apprend chaque matin en marchant à rythmer leur souffle, leur pas, leurs pensées.

Les enfants se sont projetés dans un décor qu'ils connaissent, et l'adversaire du jeu pour un temps n'était pas virtuel. Le tapis mité que Yél a endossé s'est transformé en cape magique. Il était leur sorcier.

Tour à tour, les enfants sont devenus le souffle qui poudre les traces, le sable qui camoufle nos précieuses restanques, les rochers qui barrent le chemin, les empreintes d'animaux qui convergent vers un point d'eau.

De leurs intentions orbitèles ils ont tissé la trame d'une réalité qui écarte l'intrus.

C'était bien plus excitant que les jeux sur écran car Yél n'avait pas de points de vie supplémentaires, ils n'avaient pas le droit de se tromper, ils devaient parfaitement se concentrer.

Les enfants jouaient, oui, focalisant leur esprit comme s'ils priaient.

Moi aussi dans la bergerie, je me suis laissé bercer par le rythme hypnotique du murmure des grands. Moi aussi dans la bergerie, j'ai perdu la notion du temps. J'ai cru écrire des heures et je n'ai couché que quelques lignes.

Je me souviens du balancement presque imperceptible des enfants, du rayon de soleil que je cherchais pour écrire, de la porte qui s'est ouverte lorsque Yél l'a dégagée. Si je raboute ces séquences je ne totaliserai qu'une poignée de minutes. Nous y sommes restés presque toute la journée.

"Les enfants ont joué à changer de temps, Magda, un jour je t'apprendrai."

Jour de la reddition + 23,
une heure du matin.

Je ne dors toujours pas. Yél est parti hier matin dans la nuit pour le convoi, il ne doit revenir que demain, s'il revient. Je ne sais plus où j'en suis.

Partagée, déchirée, affolée…

Nadia est venue aujourd'hui, mon amie, Nadia…

Hier, elle a pris le risque de venir jusqu'ici. Elle a accompagné le convoi jusqu'à la piste. Sous prétexte de visiter la famille d'un chevrier, elle a pu s'échapper un moment, elle n'est restée qu'une demi-heure.

Je suis tombée dans ses bras, en pleurs. L'émotion de la revoir. La folie de son geste, aussi, pour moi. Elle s'est portée volontaire comme interprète pour accompagner les patrouilles américaines sur les zones frontalières. Les Américains installent des postes pour contrôler les frontières entre l'Irak et la Jordanie. Officiellement, l'ambassade l'a déléguée dans le cadre d'une mission humanitaire, la prétendue installation de relais sanitaires. Officieusement, je sais qu'elle me ment et que son travail est probablement différent.

Quelle importance…

Elle m'aide, elle m'a toujours aidée, comme si j'étais dans sa vie sa part d'intégrité. Il existe tant de façons de travailler pour la paix.

Oh, je pleurais dans ses bras, je pleurais de joie ! Et elle de soulagement de me voir vivante. Elle craignait qu'il ne me soit arrivé quelque chose car depuis plus de trois semaines elle n'avait plus de nouvelles de notre camp. Depuis trois semaines personne n'est venu au rendez-vous du convoi !

Je ne comprenais pas.

Yél y est allé chaque fois, y restant même une journée de plus parce que avec les ânes il peut se charger davantage. Il sillonne plusieurs villages pour troquer une partie de son chargement et ramener plus de fruits et de légumes frais. Du matériel aussi.

Yél ?

Nadia ne comprenait pas.

Oui, Yél, Joël Delmas, c'est son nom. Enfin, celui qu'il m'a donné. L'homme qu'elle m'a envoyé.

Qu'elle m'a envoyé ?

Elle n'avait personne à m'envoyer ! Cela devenait trop délicat. Ces deux derniers mois, personne n'a été missionné pour venir jusqu'ici, pour venir m'aider.

Personne.

Nadia est repartie très vite. Son escapade représentait déjà un tel risque, pour elle, pour moi. Elle ne pouvait pas rester plus longtemps. Elle a payé deux chèvres à Ali, le vieux berger, pour qu'il nous les laisse. Et elle s'en est allée, rassurée et inquiète à la fois. Rassurée de m'avoir vue, de constater à la volée que tout va bien, que le vallon a miraculeusement verdi. Inquiète, car elle doit se renseigner sur Yél, parce qu'il y a peut-être un risque, car il représente peut-être un danger.

Yél…

Je ne dois rien changer, rien laisser paraître. Rien.

Même jour,
cinq heures du matin.

Il n'était pas encore deux heures du matin, je venais à peine de refermer mon cahier, j'étais prête à m'installer dans l'insomnie, lorsque j'ai entendu Yél appeler. Il nous réclamait Aral et moi ! Vite !

J'ai tiré Aral du sommeil et nous avons couru jusqu'à la saillie de roches plates. Dans la précipitation mais avec précaution nous avons débâté les ânes.

Deux blessés !

Yél a amené deux blessés !

Si je me posais des questions, je n'ai pas à craindre de les taire. Il n'y a ici ni place ni temps pour elles. Et dans cette nouvelle journée qui commence, les doutes n'ont plus d'importance.

Finalement, il n'y a que la vie ici qui ait de l'importance.

Fondamentalement, il n'y a que la vie au présent qui ait de l'importance.

Jusqu'à maintenant nous nous sommes relayés sans relâche au chevet des deux hommes, deux Irakiens. Ils ne sont pas en état de parler, je ne connais même pas leurs noms.

Le plus âgé est dans un état critique.

Une mine probablement, une mine.

Son pied droit est disloqué, il a perdu beaucoup de sang. Il est dans le coma. Je n'ai pas pu faire grand-chose, je n'ai pas assez de compétence pour une amputation.

J'ai extrait plusieurs balles de l'épaule et du bras du second. On lui a tiré dans le dos. Ses jours me paraissent moins en danger – techniquement, je veux dire – car les blessures sont plus bénignes, mais apparemment l'un comme l'autre ne devaient pas être en bonne santé avant leur "accident". Ils n'ont pas pu errer longtemps dans cet état en plein désert, avant que Yél ne les trouve, non ce n'est pas possible, pas dans cet état-là.

Je suppose qu'ils étaient prisonniers, je suppose qu'ils fuyaient.

Yél m'a dit les avoir découverts à deux heures à peine du sentier qui mène jusqu'ici. Nous n'avons pas entendu de déflagration et je n'imaginais pas qu'ils aient miné si près de nous.

Il n'y avait pas d'autre choix.

Il faut plus de six heures pour remonter à pied jusqu'au premier village et plus de deux heures encore au moins, de nuit, pour atteindre le prétendu poste sanitaire frontalier.

Il n'y avait pas d'autre choix que de venir jusqu'ici.

Le blessé à l'épaule s'est endormi. Sa température, bien qu'élevée, reste stable. Yél lui a fait boire presque un litre d'infusion d'eschscholtzia. Nous n'avons pas plus opiacé en magasin.

Yél est agenouillé à la tête du premier. Comme avec Yourab, l'autre jour, plongé dans ses murmures hypnotiques que je ne veux en aucun cas interrompre.

J'ai eu l'occasion de demander à Yél s'il s'était rendu compte qu'il avait administré de la farine à Yourab lorsqu'il était enfiévré il y a deux semaines, s'il l'avait fait intentionnellement. Il a répondu en se moquant de moi qu'il l'avait fait pour moi, pour me rassurer. Il fallait faire revenir le sourire confiant sur mon visage. Là était le plus efficace des placebos, le plus doux des remèdes pour les enfants.

Alors je souris. On ne sait jamais, si l'un d'eux venait à s'éveiller !

Je souris, j'écris et je prie.

Dans peu de temps, le jour va se lever.

L'état de l'homme âgé empire. Sur un signe de Yél je me suis rapprochée d'eux. Il s'est écarté un peu afin que je puisse m'installer à ses côtés. Je suis dans le champ de ses murmures. Nos visages sont penchés sur celui que nous veillons.

Mon cahier sur les genoux, j'écris.

Mon stylo court sur le papier. J'écris.

Pour focaliser mon esprit. J'écris.

Dans la bergerie, les enfants ont projeté leurs pensées dans un autre temps en jouant. Moi, c'est en écrivant.

Devenir un instrument.

De cet homme gisant.

Que je ne connais pas.

Avec qui je ne communique pas.

Un instrument. Un canal. Un outil qu'on raccorderait, un électrocardiogramme sur son cœur.

Je deviens cela. Je trace ce que je ressens, ce que je ressens de lui.

Mes yeux sont presque clos, mon corps est engourdi.
Son corps est engourdi
il ne souffre pas physiquement
il attend
je souris
mes yeux sont sur le papier et pourtant je vois l'homme assis
dans un autre temps
en haut d'une dune
une aube laiteuse
des bagages derrière lui
une boîte de bois
un fusil
ni femmes ni enfants
si pourtant, au pied de la dune, un petit
cet enfant, c'est lui
l'homme se voit petit
il est en haut de la dune assis, et il se voit petit
un enfant qui rit
puis une crosse luit
la crosse d'un fusil
le fracas des os
l'enfant crie
sa mère gémit
les crânes saignent
la vie fuit
l'enfant se redresse
seul
il a grandi
le regard dur
la vengeance comme seule énergie
il doit gravir la dune
il part d'un côté
de l'autre
s'ensable

se meurtrit
celui qui est assis en haut de la dune pleure
voit défiler sa vie
ses larmes coulent en sillon droit vers l'adolescent torturé qui ne le voit pas
qui se perd
qui se noie
la prison
les combats
la noirceur
la peur
et l'homme assis pleure.

Je vois trois hommes, j'embrasse trois temps, le gisant sur le lit, le combattant qui erre, l'homme assis qui attend.

Et j'écris
aiguille de l'électrocardiogramme je trace
saphir du phonogramme je transcris
un chant silencieux

Le bourdonnement des murmures de Yél s'accélère.

Le rythme de son souffle forme dans notre vision commune les vaguelettes de sable tassé des dunes.

Minuscules et fragiles échelles vers le ciel.

L'homme passe au tamis les épreuves de sa vie. Sables mouvants, tourments, pierres, colères… Il s'étouffe, se cogne, s'écorche, croule sous les avalanches de ses propres éboulis.

Ereinté par les coups et l'amer, épuisé par les impasses et la haine, il ne voulait plus.

Faire un pas de plus ne rimait à rien.

Alors son talon a cogné la mine, son pied s'est disloqué.

Il n'a plus rien senti, enfin !

Si ! La douleur de son ami. Il se souvient. Celui qui s'est jeté sur lui pour le protéger des balles qui allaient l'achever. Il est allongé là à quelques mètres de son propre corps. Il le sent, il le sait. La vie de son ami n'est pas en danger. Il se réveillera, il aura encore à souffrir. Mais lui, maintenant, il n'a plus mal. Il est tout près de la crête de la dune, tout près de la sérénité de l'homme assis qui pleurait et qui maintenant lui sourit, tout près de se confondre en lui. Inexorablement il se rapproche, de lui, de lui-même. Au rythme des murmures incessants de Yél, il gravit.

Un dernier regard en arrière et le sable coule sur le chemin de sa vie.

Un rayon de soleil rase le sol de la bâtisse. Je cligne des yeux. Le jour se lève. L'homme gisant a soulevé ses paupières, un voile glauque opacifie ses globes oculaires.

Il va mourir, maintenant.

A nouveau, je plonge en lui, j'écris.

Il a atteint le sommet de la dune, s'est confondu avec l'homme assis, s'est dressé dans l'aube lumineuse. Un vertige l'a pris, me prend, ascension, tourbillon, je lui donne la main, les odeurs d'un chemin verdoyant, les couleurs d'une oasis luxuriante, et des sons cristallins, mille fréquences que je bois, qui m'élèvent, l'air aussi dense que des plumes qui me caressent, me pressent et m'emportent, j'entends, je sens, je vois, mille fois au-delà de ce que je connais déjà.

Je suis bien.

Alors l'homme, lentement, s'est détaché pour partir plus loin.

Je reviens.

Même jour,
onze heures du soir.

Je n'ai pas dormi depuis plus de quarante-huit heures mais je ne crois pas que je vais pouvoir trouver le sommeil.

Yél est parti vers 18 heures, il a jugé plus prudent de se déplacer de nuit. Il accompagne Ahmed, l'homme blessé à l'épaule, jusqu'à la frontière syrienne, il veut monter vers le nord, il fuit. Nous avons attendu qu'il puisse reprendre ses esprits pour ensevelir le corps de son ami, Achib.

Yél a aménagé entre les pierres une fine tombe parallèle à celles que j'ai creusées pour les onze enfants qui n'ont pas survécu. Onze plaies parallèles et une douzième, à peine plus longue. Des cicatrices boursouflées de pierres qui m'ont fait penser aux traces du vaccin antituberculeux qu'on pratiquait encore au stylet sur la peau de l'épaule il y a une trentaine d'années. La pioche est mon stylet, je scarifie la terre. Combien faudra-t-il de rappels pour être vacciné de la guerre ?

Je suis inquiète.

Je préférerais que Yél soit là, à nos côtés, malgré les doutes, les questions sans réponse et les craintes de Nadia.

Je n'ai pas eu le temps de discuter de quoi que ce soit seul à seul avec lui. Je voulais pourtant lui demander si ce que je venais de vivre était bien réel ? Etrange question n'est-ce pas ? Suis-je inconsciente d'être vivante ou consciente de rêver ? L'expérience de ce matin m'a bouleversée.

Jamais auparavant je n'avais accompagné la mort comme cela. Jusque-là.

Jamais auparavant je n'avais basculé dans une telle réalité.

Pour chaque enfant qui s'est éteint ici, j'étais là. Je le tenais dans mes bras. Je le berçais, moi aussi, instinctivement, finalement au même rythme, je m'en rends compte, que celui des murmures de Yél, naturel.

J'ai bercé les enfants comme on endort un tout-petit afin que leur corps dans ses derniers instants puisse se détendre. Mais, là, ce matin, ce n'est pas le corps de l'homme que j'ai accompagné, non, mais l'esprit.

Etait-ce bien réel ?
L'esprit ?...

Je voyais trois hommes, j'embrassais trois temps, et ma main, mécanique, transcrivait ce que je ressentais. L'homme était multiple : son corps agonisant, son esprit qui parcourait le chemin de sa vie, son être si grand sur le bord du passage. Et puis j'ai été entraînée, sans que je le veuille, sans que je le réfléchisse, j'ai été aspirée à l'instant précis où il a rendu son dernier souffle, aspirée au-delà, comme s'il soulevait, pour moi, un coin du voile en s'éloignant. Mon Dieu !

Oui, mon Dieu !

Mes sensations étaient illimitées, et la paix en moi, infinie. Je comprends mieux pourquoi, dans les icônes, les artistes illuminés peignent des anges et des trompettes qui résonnent. L'air était pressant comme des milliers de plumes agitées, les sons tintaient dans des fréquences cristallines, l'amour et l'innocence incommensurables. Si je devais symboliser pour les sens ordinaires ce que j'ai vécu si loin un instant avec des perceptions dilatées, ce serait l'image d'une volée d'anges claironnants qui s'en rapprocherait le plus et à la fois si peu.

Au-delà de notre quotidien ordinaire, la réalité est bien plus vaste que ce que l'on ne peut décrire.

Je dois remercier Achib, je n'ai plus peur de mourir.

Jour de la reddition + 24,
dix heures du soir.

Ce matin, pendant que les enfants irriguaient les restanques, je me suis assoupie à l'ombre des figuiers dans des rêves embrouillés. Nous étions attaqués, Yél n'était plus là, je l'appelais, je l'invoquais, mais c'était comme s'il n'avait jamais existé. Comme si je l'avais rêvé.

Et je hurlais en songe, je hurlais parce que je voulais me réveiller, je sentais que je n'étais pas dans la bonne réalité. Mes membres me semblaient lourds, englués, comme si mon esprit n'avait plus le pouvoir de les animer. Il fallait que je m'éveille.

Alors, j'ai concentré toutes les intentions de mon esprit vers un point à l'horizon avec la même pugnacité que le font les personnes qui sortent d'un coma pour commander à leurs membres. Dans mon rêve j'ai ainsi trouvé la force de modifier ma conscience, mes yeux se sont ouverts. Cela m'a réveillée en sursaut. La lumière m'a fait plisser les paupières, et j'ai immédiatement aperçu au loin, dans la direction que je pointais en songe, la silhouette d'un homme qui s'approchait, d'un homme et de deux bêtes floues dans les distorsions de la chaleur qui gondole les reflets. Mais ce n'était pas les ânes, ce n'était pas Yél. Seulement deux chèvres et le vieux berger, Ali, celui qui avait accompagné Nadia.

Je n'ai pas déclenché d'alerte, mais par prudence j'ai demandé aux grands de camoufler les panneaux solaires et de ramasser le linge que j'avais mis à sécher. Si nous avions eu à nous cacher nous aurions ainsi été plus prompts à faire disparaître les éléments qui auraient pu attirer l'attention.

Ali nous a rejoints. J'ai réajusté mon foulard, il est venu s'asseoir à côté de moi à l'ombre des figuiers. Il a bu longuement l'eau fraîche de la source. Les enfants ont apporté des fruits et se sont occupés des chèvres. J'étais fière de les voir agir spontanément avec le respect dû aux anciens.

Son père connaissait mon grand-père. Notre petit rift était connu et respecté parce qu'on y trouvait certaines plantes sur les restanques basses qui servent de médecine rudimentaire. Mon grand-père prenait soin de les entretenir.

Nous avons parlé de la terre et des récoltes et de la tension qui monte malgré la reddition, de la vengeance, du pouvoir, et, malgré la déroute de Saddam, pour certains des espoirs. La proximité de la frontière rapproche les conflits, mais le vieil homme tente de s'en tenir loin. Sa vie est derrière lui, il n'a plus l'âge des combats, il n'a plus l'énergie. S'il le faut, il partira, il sait survivre des mois dans les gorges des rochers comme les serpents des sables.

J'ai senti dans ses mots qu'il se languit de la fin et du repos.

Avant de partir, il m'a souri en scrutant mon visage de son regard sage. Il m'a fait penser à mon père. Les traits caractéristiques des hommes du désert.

Il avait à la main une missive de Nadia pour moi. Il était venu pour cela, mais il ne me l'a remise qu'en partant.
Rien ne le pressait.

La lettre est là devant moi, je ne l'ai pas encore ouverte.
Il faut que je dorme.

Jour de la reddition + 25,
six heures du matin.

Le jour ne s'est pas encore levé. Yél n'est toujours pas rentré. J'ignore comment va se passer cette journée.

J'ai bien fait, je crois, de dormir avant de déplier la lettre de Nadia.

Yél, enfin Joël Delmas, a officiellement été porté disparu le 20 janvier 2002 à Termez en Ouzbékistan lors d'une attaque des talibans. Termez se trouve sur la frontière afghane, en pleine zone militaire. Il travaillait pour une société d'ingénierie industrielle, Tahelios, spécialisée dans les systèmes électrogènes fonctionnant à l'énergie solaire. Uniquement des applications militaires.

Voilà.

Nadia ne m'en dit pas plus. Même pas les formules d'usage. Seulement que nous devons évacuer. Il lui faut quelques jours pour organiser notre rapatriement.

Je ne sais plus quoi penser.

Je voudrais ne plus penser.

Jour de la reddition + 26,
neuf heures du soir.

Yél n'est toujours pas revenu. Aral a scruté le plateau vers l'ouest jusqu'à ce que la nuit soit noire. Il est allongé sur son lit, mais, à son souffle, j'entends qu'il ne dort pas. Ce soir, au moment du repas, il a réservé pour Yél une part du pain.

Il l'attend.

Ce matin, l'adolescent m'a troublée. J'étais allée au bout de la grande restanque, à l'endroit où Yél a installé sa batterie de panneaux solaires. Je voulais vérifier s'ils étaient marqués. Pour cela, j'avais besoin de les dégager légèrement, ils sont calés sur des pierres et leur pourtour est ensablé.

Les journées pendant lesquelles Yél est absent, Aral est chargé d'inspecter l'installation. Il doit épousseter les panneaux, vérifier que les connexions et les câblages sont recouverts par une couche de sable fin qui les protège, s'assurer qu'il y ait suffisamment de sable tamisé préparé au cas où il faudrait recouvrir l'installation pour la camoufler. Il s'était déjà acquitté de sa tâche et, lorsque je me suis éloignée un moment des enfants, il s'occupait du toit du dortoir avec Mashir.

J'ai ôté une pierre de l'embase, avancé ma main pour en dégager une seconde et j'ai dû aussitôt m'immobiliser dans mon geste. Avant même de voir ce qui se passait, j'ai entendu siffler. Un cobra pulsait devant moi, le cou déployé comme les ailes majestueuses d'une raie manta.

Bras de fer hypnotique, un deux trois soleil, mortel.

Je m'étais mise à genoux pour désensabler les panneaux, je ne pouvais même pas tenter de m'écarter brusquement.

Je retenais ma respiration. Des larmes de sel pleuraient de mes pores, allaient bientôt rouler sur mon front, s'alourdir de leur union et couler de mon visage.

Je priais pour que le soleil frappe plus fort encore, qu'il m'évapore.

Dans un éclair d'ombre, j'ai cru voir fondre un aigle, les ailes comme une flèche, qui piquait sur sa proie, sur le cobra. Lorsque j'ai relevé les yeux, Aral se tenait debout devant moi, il pinçait la nuque du serpent entre ses deux doigts. Le reptile était figé dans sa main tel un bâton de sorcier. Aral était impressionnant dans le soleil. A genoux devant lui, j'étais sous son ombre, presque la même forme projetée en homothétie que celle du cobra une seconde plus tôt.

J'ai remercié Aral.

Je tremblais, plus secouée encore par son intervention impressionnante que par mon face-à-face avec le cobra.

Aral s'est éloigné pour montrer le reptile aux autres enfants. Une bête longue de plus de un mètre. Il l'a relâché hors du rift dans l'après-midi.

L'adolescent attrape souvent des serpents et, lorsqu'ils ne sont pas venimeux, il les fait manipuler aux petits afin qu'ils ne les craignent pas. En jouant, il leur enseigne l'acuité de l'aigle. Il leur apprend à rester parfaitement immobiles, comme si leur esprit était sorti de leur corps, planant, imperceptible au-dessus de leur proie, puis, d'un coup, ils fondent sur leur cible qui ne s'y attendait pas, foudroyants.

Je ne m'étais jamais rendu compte à quel point Aral maîtrisait cet exercice.

Lorsque j'ai été remise de mes émotions, j'ai poursuivi mes investigations. J'ai défait le carter avant d'un panneau pour trouver la plaque constructeur. Le matériel est estampillé *Tabelios*.

J'aurais aimé douter des informations de Nadia.

A l'évidence, je ne peux pas.

Mais si Yél cherche à se cacher, pour quelles raisons m'aurait-il donné sa véritable identité ?

Jour de la reddition + 27,
aube.

Je m'étais endormie. Il était presque une heure du matin, lorsqu'un bruit, une sorte de froissement, m'a réveillée. Je l'avais perçu dans mon rêve comme le frottement des écailles du serpent qui glisse sur les rochers. Ce n'était que l'étoffe de la chemise de Yél. Il était penché sur moi, il avançait sa main vers mon front pour m'apaiser, je m'agitais dans mon cauchemar.

"Chut, tout va bien, Magda. Rendors-toi, je suis là."

Non, tout n'allait pas bien. Je ne pouvais pas faire semblant. Je lui ai tendu la lettre de Nadia. Il est allé allumer une bougie dans la cuisine. Lorsque je l'ai rejoint il était assis, la lettre ouverte devant lui, il mastiquait lentement le pain qu'Aral lui avait réservé. L'adolescent a levé la tête lorsqu'il a entendu les pas de Yél, et j'imagine – dans l'obscurité je ne distinguais pas son visage – qu'il a souri. Sans mot dire, il s'est tourné pour s'endormir, confiant.

D'un signe, Yél m'a invitée à m'asseoir dehors sur la terrasse pour ne pas réveiller les enfants.

Les yeux au ciel, je comptais les satellites qui tournent en boucle inlassablement, indifférents à nos manèges, comme des étoiles filantes désœuvrées.

Yél est bien le Joël Delmas porté disparu il y a plus d'un an sur la frontière afghane lors de l'attaque des talibans à Termez.

J'ai écouté son histoire.

Tout enfant, Yél était fasciné par les mécanismes, toutes les sortes de mécanismes.

Comment la lumière pouvait-elle briller lorsqu'il actionnait l'interrupteur ? Comment, sur la porte du frigo, l'aimant coinçait-il les dessins qu'il offrait à sa mère ? Comment la fève sèche de la galette des rois qu'il cherchait, gourmand, dans la frangipane, pouvait-elle se transformer en racines, en tiges, en feuilles, en fleurs, en graines à nouveau, sur le rebord de sa fenêtre, dans le petit pot qu'il arrosait consciencieusement ? Comment le soleil faisait-il pour se noyer à l'horizon chaque soir sous le regard tranquille de la "Bonne Mère" et réapparaître tout aussi rond chaque matin au-dessus des terres ?

Comment ? Comment ? Comment ?

Comprendre est fascinant.

La seule chose dont il ne se lasse jamais.

Il y a tant à apprendre.

Son insatiable curiosité a tracé son chemin : des études scientifiques qu'il a poursuivies dans son intégralité à Marseille. Marseille, parce qu'il y avait le soleil et la mer dont il ne voulait pas s'éloigner. Marseille parce que les classes préparatoires, Math sup, Math spé s'y trouvaient et même deux écoles d'ingénieurs entre lesquelles il a pu choisir, parce qu'il a fini aux concours parmi les premiers. Et puis, Marseille, surtout, parce qu'il y avait l'amour, il y avait Nathalie qu'il ne voulait pas quitter. Ils s'étaient connus au lycée.

Il a effectué son service militaire à Toulon pour limiter les distances. Puis de nouveau sur

Marseille, un master en énergies nouvelles : Major de promo. C'est le directeur de Tahelios lui-même qui est venu assister à son exposé de thèse pour le recruter.

Il a épousé Nathalie.

Ils ont emménagé à Nice. Le laboratoire de recherche de Tahelios est à Sophia-Antipolis. Chaque week-end, ils descendaient sur Marseille pour voir leur famille, pour retrouver leurs amis.

Puis sur la route, un accident.

Nathalie est restée plusieurs mois dans le coma puis en a émergé quelque temps avant de décéder.

Pourquoi ? Pourquoi ? Pourquoi ?

Il a accompagné son agonie pendant tous ces longs jours qui n'en finissaient pas de s'étirer et qui, pourtant, cumulés, se sont avérés si courts. Les événements qu'il a vécus à son chevet ne rentraient pas dans le cadre des théories qui avaient jusqu'à maintenant suffi pour lui expliquer la vie. Mais lorsque Nathalie s'est éteinte, il a pensé que la tension, les souffrances de son cœur, incommensurables, ajoutées au manque de sommeil, étaient responsables de ce qu'il préférait qualifier alors d'hallucinations.

Trois jours après l'enterrement, il se jetait à corps perdu dans son travail. Il ne voulait plus rien sentir. Il a demandé à partir en mission, loin, de préférence vers des terres arides. Il ne voulait plus voir la mer. Une aubaine pour sa direction qui avait bien du mal à motiver ses ingénieurs pour partir dans des pays en guerre. A Termez, il était chargé de la mise en route de systèmes électrogènes fonctionnant à l'énergie solaire. Les talibans ont tenté de détruire les installations avant même qu'elles ne soient opérationnelles. A cause d'une explosion, il s'est retrouvé piégé sous un éboulis.

Comme mon père.

Même jour,
dix heures du soir.

Comme mon père…

Ce matin j'ai dû m'arrêter d'écrire parce que je me suis mise à pleurer. Lorsque Yél me racontait son histoire je suis restée silencieuse. Je ne voulais pas l'interrompre, ni par mes questions, ni par mes émotions. Cet homme mystérieux se livrait et je le vivais comme un don précieux.

Et puis dans la journée je n'ai pas eu le temps de reprendre mon cahier. Nous ne sommes pas encore très bien organisés avec les chèvres que nous a laissées le berger. La traite, le lait, nos essais de caillage .. Pour l'instant cela nous demande pas mal de temps. Yél est parvenu à alimenter en électricité le compresseur d'un vieux réfrigérateur dont nous n'avions plus que le moteur et la grille. Nous avons utilisé une cavité sous les roches plates qui permettait déjà naturellement un refroidissement sensible grâce à l'évaporation de l'eau sur les pierres. Depuis que la source coule en continu, nous y stockions les fruits. Les grands ont maçonné grossièrement à l'argile l'ouverture de la petite grotte pour limiter les déperditions. Ils étaient tout heureux avant le repas de constater qu'en quelques heures la température avait considérablement baissé.

Nous agissons comme si nous ne devions jamais partir.

Peut-on commander à ce qui est au-dessus de nous ? Aux lois des hommes, à leur folie, à la guerre, au destin ?

La vie a déjà mis Yél face à cette question.

Lorsqu'il s'est trouvé blessé, coincé sous l'éboulis, il n'a pas fait un seul geste pour s'en sortir. Les secours n'ont pas pu s'organiser correctement pour sonder la zone, des soldats sont malgré tout venus, ils auraient pu le dégager s'il avait manifesté sa présence.

La réalité sur la frontière afghane avait été pour lui un choc. Il savait que ses travaux étaient repris, voire commandés par les militaires. Les lobbys pétroliers musellent avec efficacité la plupart des recherches sur les énergies nouvelles. Pour être financé dans ces axes-là, il ne reste que les applications militaires. Pour satisfaire sa créativité dans son domaine de compétence, il n'avait pas vraiment eu le choix.

A Termez, il avait pris conscience de la réalité de la guerre.

Il ne s'agissait pas d'images aux infos télévisées que l'on regarde confortablement installé sur son canapé, ni de défi technique à relever pour la science ou de nouvelles parts de marché à remporter. Là, il était question de vies humaines, d'horreur et de massacres.

Les systèmes légers autonomes solaires qu'il avait mis au point n'équipaient pas des postes sanitaires mais les bases disséminées dans le désert de missiles sol-air. Même les mots le condamnaient de leur ironie.

Dans son labo sophistiqué de Sophia-Antipolis, il le savait, bien sûr, mais là il le réalisait.

Il n'avait plus le droit à l'inconscience.

Le décès de Nathalie lui avait montré à quel point une existence humaine est unique, irremplaçable. S'il rentrait, il ne pourrait même plus fuir la douleur de son deuil dans l'excuse de ses recherches forcenées.

Sur la route de Marseille à Nice, l'univers l'avait broyé. Sous les pierres, l'univers le broyait. Il n'était qu'un grain de sable, quantité négligeable, qui n'irriterait même pas l'engrenage. Alors, il a décidé de ne plus bouger, de se complaire dans son sort de poussière, d'attendre la mort.

Il pense être resté deux jours, immobile, enroché dans son cercueil de pierre. Deux jours à haïr, deux jours de colère. Muet.

Mais la mort ne venait pas.

Même en retenant sa respiration il n'est pas parvenu à la commander.

Certaines de ses plaies se sont infectées, la fièvre s'est déclarée, dans ses délires il s'est mis à prier. A prier pour qu'il existe une chance qu'il comprenne, qu'il apprenne encore, pour que cette horreur autour de lui et cette souffrance en lui ne soient pas tout le sens de sa vie. Il s'est mis à prier souhaitant que quelque chose puisse changer, guettant une lumière, espérant la paix.

Il s'est réveillé une semaine plus tard, dans une minuscule grotte au milieu du désert, meurtri.

Yél a espéré, Yél a prié, Yél est en vie.

Mon père lui ne s'en est pas sorti.

Enfant, j'ai attendu deux jours devant l'éboulis. Je me suis écorché les mains sur les pierres, j'en garde encore des cicatrices. Deux jours comme lui…

Je ne pouvais pas imaginer à quel point son chemin est tissé de la même trame que le mien.

Je me suis mise à pleurer ce matin lorsque j'ai pris conscience de nos parallèles.

Je pleurais.

Pas par sensiblerie et encore moins par compassion ! Tout d'abord je pleurais sur moi. Oui, sur moi ! J'accusais le coup d'une grande claque de lucidité. Je réalisais soudain que je suis une femme bien banale, une femme qui règle encore, à bientôt trente ans, ses problèmes d'Œdipe ! N'est-ce pas cela qui génère ma fascination pour le charisme de Yél, mon Œdipe mal ou non résolu ?!

Je me sens si bien quand Yél est là, auprès de moi. Comment pourrait-il en être autrement, n'est-ce pas ?

Lui, il est sorti de l'éboulis.

Lui, il vient combler mes manques.

Faut-il nécessairement que la magie de notre vie soit orchestrée par nos souffrances refoulées ?

Voilà pourquoi également ce matin je me suis arrêtée d'écrire, je me sentais amère.

Et puis petit à petit, dans la journée, ce sentiment s'est dissipé, laissant la place à beaucoup plus grand, beaucoup plus beau. Un espoir qui s'est décliné en une intuition, puis l'intuition s'est muée en une impression, l'impression s'est épaissie en une certitude, la certitude que l'au-delà n'est pas si noir. L'au-delà de nos épreuves, l'au-delà de nos limites, l'au-delà de notre existence, l'au-delà de nos croyances : la foi.

Pour certains Yél a disparu, pour d'autres il s'est révélé. Achib s'est éteint, je l'ai vu voler dans un monde vif et tintant. Mon père est mort sous les pierres, il est vibrant ailleurs. Maintenant je le sais.

S'il nous faut partir, ce sera vers plus de lumière.

Jour de la reddition + 28,
milieu de la nuit.

Il doit être près de minuit et je ne parviens pas à trouver le sommeil. Les enfants, eux, dorment à poings fermés. Yél aussi s'est endormi. Mais moi je ne cesse de me tourner et me retourner sur ma couche. De me tourmenter… J'espère qu'écrire contribuera à m'apaiser.

Ce matin, nous avons réuni les enfants pour leur expliquer qu'on nous demandait d'évacuer. Leurs visages se sont fermés, leur expression est devenue grave. Tous sans exception. Même Nabi, le plus petit. Pendant que nous discutions tous ensemble, Yanis, le troisième après Aral et Mashir, serrait les dents. Son regard devenait de plus en plus dur. Soudain il s'est mis à parler avec une violence que je ne lui connaissais pas. Les mots semblaient griffer sa gorge, cognaient entre ses dents, un barrage qui se rompt avec fracas.

Il a raconté les camps où les orphelins sont parqués, les filles qu'on laisse mourir lorsqu'elles sont blessées parce qu'aux yeux de certains leur vie vaut moins que les soins qu'on pourrait leur donner. Les enfants déboussolés organisés en clan selon la loi du plus fort, du plus grand. On les envoie ramasser les mines et, s'ils reviennent entiers, ils disparaissent pour autre chose qu'il ne peut pas raconter parce que ce n'est pas de son âge.

Yanis a fui d'un camp avant de venir ici, je l'ignorais, il ne s'était jamais confié. J'ai toujours respecté le silence des enfants. Je ne me leurre pas, ils sont tous traumatisés. Mais je ne peux pas tout imaginer. Je ne veux pas. A quoi bon ?

C'est par hasard que Yanis est arrivé jusqu'à nous. La journée il se terrait, la nuit il marchait, toujours dans la même direction. Le jour où je l'ai trouvé, il gisait au pied du puits sous les figuiers. J'ai pensé que quelqu'un l'avait amené en cachette, puis était reparti espérant que je puisse faire quelque chose pour lui. Ne serait-ce que l'enterrer décemment. Il n'a pas parlé pendant plusieurs semaines mais souvent je l'ai entendu pleurer. Le temps lui a redonné confiance, les gestes simples aussi. Il aime travailler la terre, il aime transpirer sous l'effort. Peut-être est-ce sa façon à lui de se sentir vivant par un acte sain et évident ?

Il a hurlé qu'il ne voulait pas partir, non, pour rien au monde. Et surtout pas pour ce monde dont il décrivait la cruauté à torrents, et les mots lacéraient sa bouche à vomir du sang.

Je n'ai pas su retenir mes larmes.

Les enfants me seront enlevés si nous sommes évacués. Je le sais. Ils me seront arrachés. J'ai déjà pleuré onze petits corps. J'ai déjà enterré onze petits corps. Leur vie s'est échappée de mes bras comme le sable du désert coule entre les doigts. C'était ainsi, je l'ai accepté. Mais je ne pourrai pas accepter d'être séparée de ceux qui vivent avec moi, ici, maintenant. Non ! Je vis avec ces enfants, je construis avec ces enfants, je grandis avec ces enfants, j'espère avec ces enfants. J'ai largement outrepassé mon rôle d'infirmière de l'aide humanitaire. Je me suis trop impliquée, trop investie. En psychologie on qualifierait cela de transfert ! C'est ainsi ! La vie ici n'a rien à voir avec la théorie !

Yél a pris Nabi dans ses bras et il s'est approché de moi pour essuyer les larmes qui roulaient sur mon visage.

Il nous a répété que nous vivons ce que nous croyons, ce que nous croyons de nous au plus profond.

Si nous nous croyons victime, notre chemin, notre destin seront ceux d'une victime. Si nous nous croyons guerrier, nous livrerons bataille. Et l'autre qui nous asservit, l'autre qui nous combat, n'est jamais plus qu'un de nos propres épouvantails. Nous n'avons pas conscience que nous l'avons nous-mêmes édifié, nous avons oublié notre pouvoir de créer.

Jour de la reddition + 29,
milieu de matinée.

Je suis dans une jeep, brinquebalée par les cahots de la piste. Yourab et Nabi sont avec moi. Contre moi.

Nabi s'est blotti sur les genoux de Yourab qui l'enserre dans ses bras. Dès que la jeep a démarré, Yourab s'est mis à bercer le petit lentement. Les enfants enroulent sur eux-mêmes leurs émotions afin que les chasseurs du désert ne flairent pas leur peur. Alors j'ai sorti un carnet de mon sac. Ecrire, pour me concentrer moi aussi, à ma façon. Si, comme le répète Yél, nous créons ce que nous croyons, je veux maîtriser mes pensées.

Les grands et Yél devaient être en train de revenir de leur marche matinale, mais je ne les voyais pas parce que le vent s'était levé soulevant des bourrasques de sable. Je n'ai pas entendu les véhicules s'approcher. Deux jeeps se sont garées sur le plateau. Lorsque je m'en suis rendu compte, il était déjà trop tard.

Un officier et trois soldats, armés. Des Américains.

Je suis montée jusqu'au vieil enclos au-dessus de la bâtisse, hésitante. Le vent s'est renforcé avec une soudaineté étonnante. Les tourbillons de sable nous empêchaient de discerner l'extrémité des restanques, même la bâtisse à peine plus bas. L'officier accompagné d'un soldat est descendu jusqu'à moi.

Le rapatriement organisé par Nadia. L'ordre d'évacuer.

Le sable fouettait nos visages. L'officier s'est assuré de mon identité et m'a demandé si c'étaient là tous mes enfants. Nabi et Yourab m'avaient rejointe. Je n'ai pas répondu en anglais, seulement acquiescé d'un signe de tête. Il m'a demandé où étaient les autres. Je n'avais qu'un seul objectif : laisser le plus possible d'enfants ici. Avec Yél, ils sont en sécurité. C'est Nadia que je dois convaincre et je reviendrai. Elle, elle pourra comprendre l'histoire de Yél et nous laisser en paix. J'ai fait signe aux hommes de me suivre. Je les ai conduits un peu plus haut, jusqu'aux tombes, jusqu'aux onze petites cicatrices et la douzième un peu plus longue. En feignant de pleurer j'ai glissé aux oreilles de Yourab et de Nabi quelques instructions. Ils ont joué le jeu immédiatement. Nabi s'est blotti dans mes jambes et Yourab s'est serré contre moi en toussant. Nous faisions un tableau très convaincant. J'ai pu descendre pour aller chercher mes papiers. Tilha et son frère Nahour étaient sur le pas de la porte de la bâtisse, curieux de la tempête de sable. Je leur ai ordonné de se cacher et de faire comme leur a appris Yél, en attendant son retour.

Moi non plus, je ne serai pas longue

J'ai empoigné mon sac qui est toujours prêt pour les urgences. Yourab n'arrêtait pas de tousser, ce qui repoussait les soldats, déjà incommodés par le sable qui brûlait leurs yeux. Ils nous ont entraînés rapidement vers leurs véhicules.

Le soldat assis à côté de l'officier qui conduit n'arrête pas de parler, en anglais évidemment, sans se soucier de moi derrière. Il a l'air si jeune. Il me prend pour une pauvre diablesse. Je n'ai pas épousseté le sable de mon visage lorsque j'ai grimpé dans la jeep et j'ai humecté de salive mes rides d'expression, ce qui donne un résultat peu ragoûtant. Je grimace bêtement lorsqu'il jette un œil par-dessus son épaule.

L'officier enrage de faire courir des risques à ses hommes isolés de leur bataillon. Il craint une attaque rebelle. Je comprends mieux maintenant pourquoi ils ne se sont pas aventurés à inspecter la bâtisse. Tout se complique avec la tempête. Ils sont de plus en plus tendus, à la limite de la panique car les traces de la piste s'effacent et les zones minées sont tout près.

Même jour,
milieu de journée.

Nous sommes immobilisés.

Le véhicule qui ouvrait la route devant nous a sauté.

Une mine.

Les deux soldats qui le conduisaient sont morts.

Nous étions juste derrière. Le souffle de l'explosion a soulevé notre jeep, mais nous sommes retombés sur les roues, secoués, choqués, mais sur les roues.

Le moteur ne veut pas redémarrer.

La tempête ne faiblit pas. Le sable griffe les vitres des portières. Dans le choc, je me suis cognée sur un montant, j'ai mal au poignet gauche. Nabi a été parfaitement protégé par l'écrin des bras de Yourab qui lui, par contre, s'est meurtri l'épaule mais il ne se plaint pas. Il reprend plus lentement ses balancements.

Je continue à écrire.

Notre attitude étrange agace le soldat qui commence à paniquer. L'officier n'a toujours pas lâché le volant, les phalanges de ses mains sont blanches tant il essaie de se maîtriser. Il s'est retourné vers moi, j'ai souri.

Si nous devons partir, ce sera vers plus de lumière. C'est ce que j'ai écrit sur le cahier que j'ai laissé chez moi, sur mes terres.

C'est ce que j'ai écrit et c'est ce en quoi je crois.

Nous vivons ce que nous croyons.

Nous sommes en chemin, nous allons vers plus de lumière.

Je continue à écrire pour ne rien laisser d'autre envahir mes pensées.

Nous sommes en chemin, nous allons vers plus de lumière.

Le soldat commence à s'affoler sur son siège. Avec la tempête de sable, le système de navigation par satellite ne donne rien. Nous ne pouvons pas faire marche arrière car le souffle de l'explosion, en soulevant la jeep, nous a décalés de l'axe que nous suivions. D'un côté ou de l'autre, derrière ou devant, une mine peut être enfouie. Le soldat presse l'officier de faire descendre les enfants, avant que toutes traces ne s'effacent, pour qu'ils ouvrent la route. Il veut envoyer les enfants baliser la piste. Sa vengeance réclame un feu d'artifice de sang.

Je continue à écrire, je ne veux pas qu'il s'aperçoive que je le comprends.

Je ne bronche pas.

Nous sommes en chemin vers plus de lumière.

J'observe.

En dehors de moi, les tempêtes gigognes.

Autour de la jeep, le sable qui tourbillonne.

A l'intérieur de la jeep, la panique des hommes.

En moi, l'œil du cyclone.

Je suis calme.

Nous sommes en chemin vers plus de lumière.

Tel est ce que je crois.

L'officier s'est tourné de nouveau vers moi, je lui ai souri tandis que le soldat continuait de hurler. Alors il l'a secoué brutalement par le col puis a reposé calmement ses mains sur le volant. Le soldat s'est enfin tu.

Nous sommes en chemin vers plus de lumière.

Même jour.
La nuit va tomber.

Je suis sous une tente avec Yourab et Nabi. Au sud, me semble-t-il, de la frontière avec la Jordanie. Tout contre, en fait, la zone minée sur laquelle nous nous sommes retrouvés piégés. Je ne peux pas nous situer précisément parce que la tempête m'a fait perdre mes repères.

Les enfants sont saufs.

L'attaque des rebelles que les Américains craignaient tant a eu lieu.

A peine le jeune soldat s'est-il tu dans la jeep que les quatre vitres des portières ont volé en éclats. L'explosion du premier véhicule a attiré une petite troupe d'Irakiens. Une vingtaine d'hommes tout au plus, mal organisés. Ils se sont rapprochés de la jeep en rampant et ont explosé les fenêtres avec des pierres pour jouer de l'effet de surprise et économiser des balles ! Et puis surtout, ils veulent faire des prisonniers, pour pouvoir les interroger ou, d'après ce que j'ai compris, les utiliser comme otages.

Quand les hommes ont surgi, le soldat qui quelques secondes auparavant voulait envoyer les enfants danser sur les mines a porté la main sur son arme. Ils l'ont immédiatement abattu. L'officier, lui, avait toujours les mains soudées sur le volant. Il n'a pas pu faire un geste et sa crispation l'a sauvé.

Pour un temps.

Ils vont l'interroger.

Ils attendent un de leurs chefs qui sait parler anglais.

En ce qui nous concerne, nous sommes relativement bien traités. Quand ils nous ont sortis de la voiture, je me suis jetée à leurs pieds, les remerciant en pleurant, remerciant Dieu de nous avoir délivrés. L'officier américain m'a craché au visage. J'ai joué la traumatisée, j'engloutissais mes mots dans des sanglots forcés. Je ne peux pas prendre le risque de trop parler, mon accent me trahirait. Mon père s'est toujours efforcé avec moi de parler en français, il n'y a que les livres que nous lisions en arabe. Ma couleur de peau fait illusion parce qu'il m'a fait le don d'un teint mat, mais j'ai pris bien soin de rajuster mon foulard pour camoufler tout mon visage car ma mère, elle, m'a fait cadeau de ses traits. Pour l'instant les rebelles semblent croire que les enfants et moi étions prisonniers des Américains.

J'appréhende pour nous le résultat de l'interrogatoire de l'officier autant que j'appréhende, pour lui, son déroulement.

J'écris pour me donner du courage, pour croire encore avec intensité que nous marchons toujours vers plus de lumière, que nous ne nous sommes pas égarés.

J'ai du mal à évacuer les images de l'assaut. Le sang, les débris d'os et de chair du soldat partout dans l'habitacle, son crâne éclaté, l'odeur tiède et humide. Le sable qui s'engouffrait avec fureur est venu dans l'instant même tout recouvrir, tout assécher. Les enfants derrière le dossier ont échappé à ce spectacle.

J'écris pour exorciser.

J'écris aussi pour rassurer Yourab et Nabi.

Quand ils me voient avec mon crayon et mon papier, ils pensent que je me sens bien. Alors ils sourient.

Ils ont repris leur balancement.

Oh ! Comme je voudrais que Yél soit à mes côtés ! Je voudrais qu'il prenne les choses en main, mon chemin, mon destin.

La tempête au-dehors s'est apaisée. Le vent souffle encore mais il est plus régulier. Je veux croire que nous marchons vers plus de lumière mais j'ai peur. Il m'est de plus en plus difficile de ne pas laisser le doute s'immiscer.

Même jour,
milieu de la nuit.

Les enfants sont endormis. Je pense que je me suis assoupie quelques minutes moi aussi. J'ai rêvé de Yél.

Je planais au-dessus du sable, au-dessus des dunes, au-dessus des pierres. Les paysages du désert défilaient sous moi à grande vitesse. Je sentais la pression de l'air le long de mes bras déployés. J'étais emportée plus que je ne dirigeais. Mon corps se confondait en une intention lancée vers sa finalité.

Souvent dans mes rêves, j'ai cette impression de voler. Elle est si prégnante que, dans le songe même, je me dis que je suis réveillée, bien réveillée, que je suis dans la réalité et qu'en effet nous avons bien le pouvoir de voler. C'est une sensation de bonheur intense, ma croyance d'enfant qui se réalise, Peter Pan victorieux des marchands de sable. Le sentiment est si fort que généralement il me réveille. Alors, immanquablement, quand j'ouvre les yeux pour de bon, je suis déçue.

Là, dans mon rêve, je volais jusqu'à Yél pour qu'il nous vienne en aide, pour l'appeler au secours. Il était tranquille, dans la cuisine de la bâtisse, occupé à exprimer du venin de la gueule ouverte de serpents qu'il pinçait entre ses doigts experts. Il préparait des petites fioles, des flacons d'antidotes. Toute une pharmacopée qu'il me confiait avec soin, me rappelant que le poison condamne ou guérit, comme le feu brûle ou réchauffe, comme l'eau inonde ou abreuve. L'unité contient en elle tous les extrêmes. Rien n'est absolu dans ce monde.

Mon Dieu ! J'entends les cris de l'officier américain.

Les enfants se sont réveillés.

Jour de la reddition + 30.
Le soleil se lève.

Le jour gagne. Je n'ai pas réussi à m'endormir, pourtant là, maintenant, nous sommes relativement en sécurité. Nous avons trouvé un abri au fond d'un minuscule *sik*. Je ne peux pas fermer les yeux. Je n'y arrive pas. Ils restent ouverts malgré moi. Je redoute le noir de mes propres paupières qui s'offre comme écran au film incessant des images de guerre.

Les cris de l'officier américain étaient insupportables. La tension montait dans tout le camp, elle vrillait mes entrailles, tétanisait mes muscles, s'immisçait dans la moindre de mes failles aussi sûrement que l'eau infiltre la roche, prête, au signal du froid, à éclater la pierre. Respirer m'était douloureux. Soudain, une explosion a eu lieu. Ce n'était pas sur le champ de mines, non, bien plus loin, plus au sud, un fracas plus sourd, presque comme ceux des bombes mais unique, puissant. J'ai même eu l'impression que le sol tremblait. A moins que ce ne soit moi qui aie tremblé.

Les hommes dans le camp s'agitaient. Un garde armé s'est précipité sur nous et nous a conduits sans ménagement jusqu'à un de leurs chefs, celui qui parle anglais, celui qui s'est déplacé pour l'interrogatoire. A moi, il s'adressait en arabe. Il voulait savoir qui était mon mari. Apparemment l'officier américain a dit qu'il avait pour mission de le retrouver. Il était soupçonné d'aider les rebelles. Mais ils n'ont trouvé qu'une douzaine de tombes, une femme et deux enfants. Il soutenait qu'il nous ramenait dans l'intention de nous faire interroger. Tenu en joue, agenouillé les mains liées dans le dos, il s'effondrait contre un rocher. Du sang coulait de sa bouche. Dans son regard que j'avais du mal à soutenir, j'ai compris son intention. Son rôle était d'assurer notre protection. Il nous protégeait par ses dires, comme il l'avait fait par ses gestes dans la voiture, comme il l'avait fait en me crachant au visage afin que les Irakiens croient d'emblée que j'étais sa prisonnière.

L'homme qui menait l'interrogatoire s'est approché de moi, l'air doux, souriant, et, soudain, il m'a giflée. Il m'a giflée avec une telle force que je suis tombée à terre.

Un de ses hommes m'avait aperçue en train d'écrire, il avait vu mon geste, ma main qui courait sur le papier de gauche à droite.

De gauche à droite…

Qui étais-je ? Sûrement pas une pauvre femme du désert. Elles ne savent pas écrire, et certainement pas dans une écriture qui n'est pas l'arabe.

Une journaliste ? Une espionne ? Pour eux, c'est la même chose.

Yourab serrait Nabi contre lui, lui couvrant les yeux de ses bras. Une seconde explosion a eu lieu, plus proche, cette fois. La joue contre le sable, je sentais nettement les vibrations du sol. Quelqu'un a hurlé d'éteindre toutes les lumières, de coucher les tentes. Une troisième explosion a suivi. Certains se sont mis à courir. Dans la panique, je me suis retrouvée avec les enfants dos au rocher, près de l'officier américain. L'homme qui avait reçu l'ordre de rester pour nous tenir en joue se retournait compulsivement, ne sachant plus de quelle direction il devait craindre le danger. Nous n'étions pas les plus menaçants : un prisonnier aux mains liées crachant le sang, une femme, deux enfants.

Une quatrième explosion.

Tout s'est accéléré. Dans un réflexe tout le monde s'est couché. J'ai tiré les enfants à terre contre moi. Sous mes doigts, j'ai senti les liens de l'officier américain qui s'était écroulé. J'ai libéré ses poignets. L'homme qui nous menaçait de son arme, affalé dans le sable, tentait d'obtenir un ordre.

"Abats-les !"

Les mots ont fusé de la nuit sans que nous puissions avoir une idée de la bouche qui les prononçait. Une balle a ricoché contre la pierre, juste devant ma tête. Un bruit sec suivi d'un sifflement. Un quart de seconde j'ai cru que j'étais touchée et que le chuintement dans ma tête était le bourdonnement de mon sang.

Non, non, non.

L'homme qui venait de nous tirer dessus n'a pas eu le temps de voir ce qui se passait. Mon regard, moi, était à ras de terre. Le sifflement, c'était celui d'un cobra, un cobra jailli d'entre les pierres que la balle venait de faire sauter. Lorsqu'il a frappé, j'ai cru l'entendre déchirer l'air et ses crochets la chair. L'homme qui venait d'être mordu a commencé à se tétaniser, les yeux exorbités. D'un bond je me suis relevée, entraînant les enfants et soutenant l'officier. Je n'ai pas trébuché sur les pierres ni buté sur les rochers. L'obscurité était presque entière – à peine une maigre tranche de lune – mais c'était comme si je voyais. J'ignorais à quel point l'instinct de survie décuple les capacités.

Mon Dieu, est-on obligé pour aller vers plus de lumière de traverser des ombres si denses qu'elles prennent corps ?

Derrière nous les balles, au-devant les mines.

Nous avons avancé.

Les explosions au loin se multipliaient et rougeoyaient dans le ciel de halos soudains qui s'évanouissaient comme des mirages. Des serpents de plus en plus nombreux filaient entre les pierres comme s'ils fuyaient un chaos dont les tremblements de la terre étaient les prémices.

Nous avons repris notre souffle quelques secondes à l'abri d'un rocher. L'officier américain était livide. Son bras était brisé en plusieurs endroits. Il ne pouvait pas m'aider à soutenir les enfants. J'ai attaché mon foulard comme un grand sac en bandoulière pour installer Nabi sur mon dos. Il n'en pouvait plus.

Nous devions avancer.

Les Irakiens derrière nous étaient bien trop occupés par le raid qui se rapprochait pour gaspiller des balles à nous tirer comme des lapins, mais la déroute qui s'annonçait risquait d'enflammer la haine et la vengeance. Nous ne pouvions pas rester là.

Nous devions avancer.

Je pensais à Yél. A ces phrases qu'il me répète. Que nous vivons ce que nous croyons, ce que nous croyons de nous au plus profond. Si nous nous croyons victime, notre chemin, notre destin seront ceux d'une victime. Si nous nous croyons guerrier, nous livrerons bataille.

J'ai décidé de croire que je n'étais ni victime, ni soldat, ni égarée. J'étais en chemin, éclairée, j'étais sur le chemin, l'éclaireur. Et je concentrais mon intention dans cette seule direction, être l'éclaireur.

Je priais.

Aucun dieu, aucun diable, aucune église, aucune école. Non, je priais seulement pour voir dans les grains de sable où nous pouvions poser les pieds.

Je vois, je sens et je sais.

Je suis l'éclaireur.

Le rougeoiement des explosions illuminait les pierres comme des petits flacons. Les images de mon rêve me revenaient : le venin des serpents, les antidotes, Yél en train de remplir les petites fioles.

Je vois, je sens et je sais.

Un serpent plus épais, un serpent plus lent que les autres a attiré mon attention.

Les ondulations de son corps lisse me faisaient penser au rythme des murmures de Yél, au mouvement des vaguelettes de sable qui poussait Achib inexorablement vers le haut de la dune, de sa dune, sur le chemin de son passage. Le corps du serpent épais battait une autre mesure, il marquait un autre temps.

Je l'ai suivi.

J'ai demandé à l'officier américain, tout en restant quelques mètres derrière moi, d'avancer avec Yourab dans chacun de mes pas. Il n'a fallu qu'une dizaine de minutes en direction de l'est pour sortir des dunes. Du moins c'est ce qu'il m'a semblé, ma notion du temps dans cette nuit déchirée n'est peut-être pas fiable. Nous nous sommes retrouvés le long d'une barre de roches où le serpent a disparu. Nous avons continué le plus loin possible, tantôt en escaladant les rochers, tantôt en les longeant. L'officier américain est passé devant. Nabi, sur mon dos, s'était endormi. Lorsque je me retournais je voyais les larmes briller dans les yeux de Yourab, mais il ne les a pas laissées couler.

Nous avons trouvé un abri au fond d'un *sik* étroit qui sent la chèvre. L'aube ne pointait pas encore quand nous y sommes arrivés. Les explosions au loin s'étaient calmées. Cela fait peut-être deux ou trois heures que nous sommes ici.

Mon crayon à papier rétrécit. J'écris de plus en plus petit pour économiser les feuillets, mon carnet est presque rempli, mais je persiste car le fil du récit que je couche sur le papier détricote mes angoisses et je sens enfin que, malgré moi, le sommeil me gagne.

Même jour,
midi.

Finalement j'ai dû m'assoupir quelques heures. Les enfants eux dorment toujours. Nous sommes installés dans une grotte aux parois multicolores. Toutes les couleurs des pierres, des sables du désert se superposent en fines couches compressées qui parfois s'enchevêtrent. Les ocres se déclinent dans toutes les nuances, des beiges les plus pâles aux rouges plus sombres que le sang. Certains oxydes marbrent la voûte de veines bleues. Dans l'obscurité lorsque nous y sommes arrivés, je croyais qu'il s'agissait d'une cavité naturelle. En fait, notre abri est le haut d'une salle creusée par les mains de l'homme, une ancienne tombe nabatéenne. Sur le site de Pétra en Jordanie, des centaines de tombes identiques ont été mises au jour, et encore, certaines sont toujours ensevelies sous des mètres cubes de sable. Dans le *sik* où nous sommes, il y en a probablement plus que ce que je ne peux en observer. Le sable au fil des millénaires les a englouties. Sur notre gauche en descendant, se trouvent au moins trois autres salles dont le sable a atteint pratiquement le plafond. Dans celle où nous nous sommes réfugiés, au fond du cul-de-sac, les enfants peuvent à peine se tenir debout, mais c'est la plus vaste. Le cœur de la roche nous protège de la chaleur. Le soleil est au zénith. Dans le *sik*, les rayons du soleil coulent droit entre les parois de pierre.

William, c'est le prénom de l'officier américain, est parti en reconnaissance sur la barre de roches. J'ai réduit les fractures de son bras gauche comme j'ai pu. Il serrait les dents.

Les explosions ont cessé. En fait, il m'a expliqué qu'il s'agissait d'un raid programmé de blindés sur la zone frontalière ayant pour objectif de débusquer les groupes armés qui avaient été repérés. La patrouille dont William avait le commandement était chargée de nous rapatrier avant l'offensive. Nadia est venue expliquer comment trouver notre petite vallée. Il l'a rencontrée personnellement. Elle était inquiète, elle craignait qu'ils ne s'égarent, le rift est si peu visible. William lui a promis de prendre soin de moi et des enfants. Elle en avait mentionné une demi-douzaine, et lorsqu'il a vu les petites tombes alignées il a été pris de dégoût, il n'avait plus de force pour la rage. Les motivations des puissants lui échappent, et depuis qu'il est en Irak il a trop vu de sang couler, inutile.

Apparemment Nadia n'a pas mentionné Yél. Dans mon emportement, j'ai cru qu'elle organisait notre rapatriement parce que Yél représentait un danger, mais il n'était pas question de Yél. La missive qui le concernait était seulement destinée à m'informer.

Sous la torture, William s'efforçait de maintenir la cohérence de ses mensonges. Il m'avait inventé un mari œuvrant dans le camp des rebelles afin que les Irakiens qui nous avaient faits prisonniers ne s'en prennent pas à moi. Il ne m'a pas raconté cela avec les mots du héros, non. Il pensait qu'il allait mourir de toute façon. Si ce n'était pas sous les balles des rebelles, ce serait sous les bombes des siens. Alors il s'accrochait dur comme fer à l'idée que peut-être il pouvait m'offrir quelques heures de répit. C'était son but, son objectif, c'est pour ça qu'il rassemblait toutes ses forces, pour encaisser chaque coup de crosse, pour oublier sa peur de mourir, pour ne pas faire jaillir de sa mémoire les larmes des yeux de sa mère lorsqu'il lui avait annoncé qu'il partait au combat. Il serait un gars bien, elle pourrait en être fière, s'il m'évitait de me faire tuer par les pères des enfants que je risquais ma vie à sauver.

Apparemment les blindés n'ont pas dépassé la barre rocheuse dans laquelle nous nous sommes réfugiés. Elle s'étire vers le nord, comme une longue boursouflure. Je ne la situe pas bien par rapport à mes terres. Je n'arrive pas vraiment à me repérer car je ne me suis jamais trop aventurée en dehors des pistes aux abords directs de la frontière.

Je repense au serpent. Au serpent cette nuit que nous avons suivi à travers le champ de mines. Sur le moment j'ai cru que, par une sorte de magie, il nous guidait. Mais maintenant, en écrivant, il me semble que je comprends, je comprends ce que voulait me dire Yél sur le temps. J'ai remarqué ce serpent, parce qu'il se mouvait plus lentement que les autres. Il battait une autre mesure, il marquait un autre temps. Je l'ai écrit, oui, à l'aube, mais je n'en avais pas véritablement saisi toute la portée. Je le comprends maintenant, il marquait un autre temps.

Un autre temps…

Lorsque Yél a mis au jour la veine de la source et que l'eau a inondé les restanques, il a murmuré à mon oreille que la terre est riche d'infinis présents. J'avais entendu le mot "présent" au sens de "ce qui est offert". Yél me parlait lui de l'instant, de la nature du temps : Le temps est riche d'infinis présents.

Oui, il me semble entrevoir ce qu'il voulait me faire comprendre : la multiplicité des présents.

Ce serpent que j'ai suivi, ce serpent au mouvement lent, il ne fuyait pas, n'attaquait pas, il traversait comme étranger à la réalité qui se jouait autour de lui. Et parce qu'il vibrait sur la fréquence d'un autre temps, il m'en indiquait la direction.

Où sommes-nous maintenant ?

Dans quel temps ?

La tête me tourne, la fatigue me prend et la faim et la soif. Les rayons du soleil tombent si dru que j'ai l'impression d'entendre les crépitements des photons qui cognent les grains de la pierre.

Une ombre a glissé, silencieuse, interrompant quelques secondes le grésillement de la lumière. Au-dessus de nous un rapace tourne. Est-ce pour nous ?

Où sommes-nous ?

Dans quel temps ?

J'ai de plus en plus le vertige en réfléchissant à cette question.

Un autre temps ?

Faut-il mourir pour atteindre un autre temps ?

Avons-nous réellement traversé le champ de mines ?

Ou alors, ce que je ne veux pas voir, ce que je ne veux pas croire, y sommes-nous encore ?

Disloqués ?

Offerts au festin du rapace ?

Morts ?…

Est-ce cela traverser le temps ?

Mourir ?

Suis-je morte sans même m'en apercevoir ?

Suis-je morte sans pouvoir le croire ?

Puisque j'écris, je dois être en vie ? Non ?

Je me tiens à mon stylo comme l'alpiniste s'accroche à son piolet, et pourtant là, c'est lui qui m'entraîne au bord du précipice.

J'ai fait le choix d'écrire pour reprendre le fil de ma vie, le sentir couler entre mes doigts, m'y assurer.

Me sentir en vie, c'était cela, oui, constater la continuité, témoigner de la continuité.

Sinon quelle différence avec le rêve ?

Lorsque je rêve, je ne me rends pas compte que je suis en train de rêver. Mon esprit lui est en vie dans une autre réalité. Je sais seulement que j'ai rêvé lorsque le rêve est terminé.

Discontinuité.

Je viens de compter mes feuillets, je n'ai que quelques pages. Seulement quelques pages du carnet. Mon cahier, je l'ai laissé à la bâtisse.

Discontinuité.

Que ressentait Achib lorsque je le voyais gravir la dune de sa vie ? Se sentait-il tout entier dans cette réalité qui se dessinait autour de son esprit ? N'avait-il plus aucune conscience de son corps agonisant ?

Est-ce cela le chemin de ma mort, l'égarement dans mes propres failles, dans le cœur des roches étroites, dans le labyrinthe de cette matière qui fascinait tant mon père ? Cette matière qui a enseveli mon père ?

J'ai la nausée.

Même jour,
début d'après-midi.

Je crois que je me suis évanouie tout à l'heure. Yourab et Nabi ont dû me secouer pour me tirer de ma léthargie. Deux chèvres venaient de s'engager dans le *sik* et les ont réveillés. Nous avons pu boire un peu de leur lait. Les enfants ont repris des couleurs. Ils rient avec les bêtes. Je me sens un peu mieux moi aussi. Je ne dois pas être morte !

Je me moque de moi maintenant, mais tout à l'heure j'en doutais sincèrement, les prémices du malaise, je suppose.

William n'est toujours pas revenu, et je ne sais pas quoi faire. Laisser les enfants pour partir à sa recherche ? Ce n'est guère prudent. Je vais essayer de grimper un peu plus haut sur les rochers. Peut-être le verrai-je revenir ? Peut-être pourrai-je me repérer ?

Même jour,
après-midi.

William est bloqué sur les rochers. Il s'est fracturé le tibia en tombant, il n'a pas pu se retenir avec son bras. Il était pratiquement évanoui lorsque je l'ai trouvé. Sa fracture n'est pas ouverte mais je ne peux pas le transporter. Les roches sont trop abruptes même s'il n'est vraiment pas loin. Le rapace qui projetait la fraîcheur de son ombre tout à l'heure tournoyait au-dessus de lui.

Je l'ai installé du mieux possible pour qu'il soit abrité du soleil. Nous sommes parvenus avec les enfants à faire monter une chèvre jusqu'à lui pour qu'il puisse boire lui aussi un peu de lait.

Il revenait de sa reconnaissance lorsqu'il est tombé. Il a aperçu un berger plus à l'est, avec quelques chèvres, mais n'a repéré aucun blindé, aucun mouvement d'hommes autour de la barre rocheuse. Deux ou trois colonnes de fumée s'élèvent à l'horizon vers l'ouest, dans la zone de l'offensive. Je vais essayer de trouver le berger. Je laisse les enfants dans le *sik*, je leur confie mon carnet.

Même jour,
tombée de la nuit.

Je n'ai même pas eu à m'aventurer hors de la barre de roches. Je descendais dans le goulot de pierre quand j'ai entendu le bêlement des chèvres. Ce n'était pas celles qui nous avaient trouvés tout à l'heure, celles qui nous avaient nourris. Yourab et Nabi avaient pour mission de les empêcher de redescendre. Non, c'était tout un troupeau au complet, et Ali, qui le menait, Ali, le vieux berger. Celui à qui Nadia a acheté des bêtes.

Ali avait repéré l'aigle qui tournoyait et il voulait vérifier qu'aucune de ses bêtes n'était bloquée sur un aplomb. Au plus fort de la chaleur, il vient souvent ici, se reposer avec ses chèvres. Il n'a pas paru étonné de me trouver, marchant vers lui, entre les parois de pierre. Dès qu'il a vu les enfants, il s'est assuré qu'ils n'avaient pas de membres luxés. J'ai dû avoir l'air décontenancé car il s'est mis à rire. En fait, les gens des alentours lui amènent leurs bêtes lorsqu'elles sont blessées, ses mains ont la sagesse des rebouteux. Un don de Dieu. Et l'expérience qui lui a été transmise par son père.

Oui, je me souviens qu'il m'a parlé de son père qui venait voir mon grand-père pour les plantes médicinales qu'il entretenait dans les restanques basses. Nous en avions discuté lorsque je lui offrais l'eau de la source sous le figuier et que les enfants le servaient avec respect. J'avais oublié que les hommes du désert ne se targuent jamais de leur don. Ils ont l'humilité de l'ombre, leurs silences sont pleins. J'aurais dû comprendre.

Je lui ai fait un récit succinct de notre périple pour lui parler de William et lui expliquer sa situation. Nous avons escaladé les rochers pour le rejoindre. Malgré son âge Ali est aussi alerte que ses chèvres. William s'est crispé lorsqu'il l'a vu se pencher sur lui, mais le vieil homme du désert s'est mis à chunter entre ses dents, hypnotique, balançant comme le cobra, et William a fermé ses yeux s'abandonnant aux mains usées qui palpaient son corps. A un moment, la fulgurance de la douleur lui a arraché un cri, puis j'ai vu enfin tous ses muscles se détendre et les larmes couler de ses yeux. Alors Ali s'est relevé. Il a sorti quelques feuilles sèches de sa petite besace, me demandant de les lui faire mâcher. A nous deux, nous avons pu mieux l'installer dans les rochers. Mais Ali ne jugeait pas prudent de le déplacer maintenant. Nous serions obligés de le soulever en le prenant sous les bras pour le hisser et ce serait trop douloureux pour lui. Il doit récupérer et, maintenant qu'il est allongé à l'ombre plus confortablement, qu'il soit ici ou en bas ne change pas grand-chose. Nous devons aller chercher de l'aide pour le descendre des rochers, puis, une fois sortis du *sik*, pour le transporter, car il nous faudra un brancard. Malgré toute la science d'Ali, William ne pourra pas s'appuyer sur sa jambe pendant quelques jours, le tibia et le péroné sont brisés.

"Nous devons prévenir Yél, il doit venir avec les ânes."

Ce sont les paroles d'Ali.

Yél ?! Yél et les ânes ?! Comment connaît-il Yél ?! Comment sait-il pour les ânes ?! Je ne lui en ai jamais parlé.

Ali rit. Et moi j'ai l'impression de perdre pied dans une réalité qui m'échappe.

En fait il connaît Yél depuis bien plus longtemps que moi. Yél est resté plusieurs mois avec Ali et les chèvres à écouter le désert, le sable et à marcher dans les pierres. Les ânes que Yél a ramenés faisaient partie du cheptel d'Ali. Il les lui a offerts en échange de tout ce que Yél lui a appris.

"Tu sais, Magda, il est plus jeune que moi, beaucoup plus jeune, pourtant il est bien meilleur guérisseur !"

Jour de la reddition + 31,
matin.

Ali était parti chercher Yél.

Au milieu de la nuit, alors que les enfants dormaient à mes côtés et William, plus haut dans le piège des rochers, j'attendais aux aguets.

Grillons de silice, le sable chantait. Yél s'avançait dans le *sik*, le sable s'enfonçait sous ses pieds. J'ai reconnu son pas. Je ne le voyais pas encore, mais je n'ai pas douté que ce soit lui. Je me suis levée. Dans le manteau de la nuit, il m'a prise dans ses bras, m'a serrée contre lui, puis nous avons parlé sans élever la voix, pour ne pas réveiller Yourab et Nabi.

Le raid n'a pas atteint notre petite vallée. Les enfants et Yél n'ont eu aucun problème, mais ils sont restés coincés sur place à cause de la tempête de sable. Ils ont attendu dans l'angoisse parce que Yourab, Nabi et moi avions disparu. Le vent avait effacé les traces.

Ali nous rejoindra plus tard en fin de matinée avec les ânes. Ces bêtes-là n'aiment pas avancer dans l'obscurité. Et puis le vieil homme a besoin de se reposer, il a dû marcher près de cinq heures en direction du nord-est pour atteindre la bâtisse. J'ai pleuré dans les bras de Yél. J'ai pleuré et, épuisée, je m'y suis endormie.

A l'aube, le rire des enfants mastiquant les fruits secs apportés par Yél m'a tirée du sommeil. Ils me souriaient la bouche pleine. Moi aussi j'étais affamée, mais plus curieuse encore qu'affamée. Je voulais comprendre la remarque d'Ali. Alors Yél est guérisseur ? Un guérisseur bien meilleur qu'Ali ? Il a parcouru le désert, ici, avant de nous rejoindre ? De son histoire, il ne m'a pas tout dit. En fait, je me suis rendu compte avant de poser la question qui me brûlait les lèvres que c'est plutôt moi qui n'ai pas été capable de tout entendre. Il m'a raconté le chemin de sa vie jusqu'au piège de l'éboulis. Et, à partir de là, je n'ai plus pu l'écouter, l'accueillir, le comprendre. J'étais aux prises avec les émotions de ma propre histoire, l'effondrement de la galerie en Algérie, la mort de mon père, mon monde qui s'écroule, mon désespoir d'enfant. Submergée.

Yél s'est occupé de William. Son épaule et son bras ont dégonflé. Assommé par les feuilles qu'Ali lui avait données à mâcher, il a dormi profondément toute la nuit. Il a repris des couleurs. Il croquait à pleines dents les fruits que nous lui avons montés, avec le même sourire que les enfants. Yél a bandé son bras serré contre son thorax pour immobiliser l'articulation de l'épaule et nous avons installé une attelle sur sa jambe. Nous n'avons plus qu'à attendre Ali pour le descendre.

Les enfants ont escaladé les rochers pour guetter le vieux berger et les oreilles des deux grands ânes. Un chuintement de plumes qui traversent l'air m'a fait relever la tête. Un rapace tournoyait.

“Ali ne tardera pas, Magda, ses yeux tournent déjà au-dessus de nous.”

Je lui ai demandé de m’expliquer.

Alors il m’a parlé des mains qui à Termez l’ont sorti de son cercueil de pierres, il m’a parlé des chants et des prières.

Et j’ai pu écouter.

Ces mains étaient celles d’un homme au visage ridé et aux paupières si plissées qu’elles ne laissaient pas deviner la couleur de ses yeux. Il s’est occupé du corps meurtri de Yél dans une minuscule grotte fraîche et obscure, et, les premiers temps, Yél a cru que le vieillard qui prenait soin de lui ne supportait pas la lumière drue du désert. C’était bien tout le contraire. Il la portait en lui et ses paupières savaient canaliser en fins pinceaux le flot de son énergie.

Le vieil homme au chevet de Yél a murmuré des heures, des journées, des nuits, se balançant comme j’ai vu Yél le faire au chevet des petits. Et le rythme de ses sortes de mantras conduisait Yél à travers les hallucinations de ses fièvres et l’emmenait au-delà. Des mondes défilaient, des rêves, des cauchemars, des réalités entières qui semblaient aussi longues qu’une vie. Et Yél se battait avec ses regrets, ses remords, sa souffrance, avec le souvenir de Nathalie. Et lorsque l’air s’est mis à crépiter audessus de lui, et que le ciel a semblé s’ouvrir dans la lumière, au moment où il allait partir, les chants du vieil homme ont redoublé, l’attirant vers la terre, l’aspirant vers la terre, les pierres, le sable, puis plus profondément encore, l’atome, plus profondément encore jusqu’à ce qu’il n’y ait plus de matière, seulement les forces et l’énergie et alors l’univers s’ouvrit. Yél fit l’expérience de la conscience, de la fluidité de son être intérieur, ce regard qui se déplace sans limite, cette capacité de boire à l'infini l'intelligence de l'univers. Rien n'est imperméable, ni la forme, ni le temps, ni les règnes. Et il embrassait les mystères du temps, et il caressait la terre à travers le corps du serpent, et il voyait à travers les yeux de l'aigle.

Yél ne sait pas combien de jours cela a duré, ni combien de jours il a dormi ensuite, d'un sommeil sans trêve. Lorsque enfin il a ouvert les yeux, il a eu l'impression que, pour la première fois de sa vie, il inspirait. Son esprit se déssillait. Le vieil homme qui l'attendait a souri.

C'est un homme sage, héritier de la connaissance ancestrale des Kouchans. Mon père m'avait parlé de ces nomades originaires d'Asie centrale. Autour du feu, les rares soirs où j'étais autorisée à veiller, j'écoutais les épopées de ces cavaliers qui conquirent les royaumes des successeurs d'Alexandre. Mon père se plaisait à nous raconter comment les lumières de la cité de Termez, que les Kouchans avaient érigée en capitale, rayonnaient jusqu'au centre de l'Inde. Confortablement calée dans les bras de ma mère, je luttais contre le sommeil pour ne rien perdre de ses histoires. Mon père mimait l'émerveillement lorsqu'il dépeignait la richesse des caravanes sur la route de la soie. D'autres fois, son visage, seulement éclairé par le rougeoiement des braises, se fermait. J'y lisais la colère. Il évoquait la cruauté de la terrible armée de Gengis Khan qui a massacré des populations entières. Histoire, mythe, conte ou légende, je ne parvenais plus, enfant, à faire la part des choses, et les cavaliers kouchans venaient peupler mes rêves.

C'est sur le site même de Termez que Yél s'est retrouvé prisonnier des pierres.

Pendant près d'un an, le vieil homme a offert à Yél toute sa mémoire afin qu'il puisse garder vivant à son tour son savoir. Son corps était fatigué. Lorsqu'il s'est éteint, Yél a repris son chemin.

Même jour,
fin de matinée.

Ali est arrivé avec les deux grands ânes, et l'aigle qui tournoyait s'est posé sur le plus haut des rochers.

A nous trois, nous sommes parvenus à descendre William avec précaution. Nous l'avons installé sur les brancards et je me tenais prête avec les enfants à suivre notre petit attelage. Mais Yél a expliqué qu'il était plus prudent qu'Ali parte seul avec William. Il attirera moins l'attention des rebelles qu'avec nous à sa suite. Ali sillonnant les dunes avec ses bêtes fait partie intégrante du paysage. Il conduira William directement au poste frontière. Nous, nous ferons le chemin de nuit avec Yourab et Nabi pour rejoindre notre petit rift.

Il est évident que c'est plus raisonnable, mais je ne m'étais pas préparée à me séparer si brutalement de William. J'ai serré sa main entre les miennes et j'ai porté ses doigts à mes lèvres. Nous ne nous sommes pas quittés du regard avant que les ânes ne l'entraînent derrière les roches.

Le fait d'avoir fixé son regard – l'émotion aussi probablement – a troublé ma vision. L'impression fugace comme un vertige que d'autres personnes marchaient là, autour d'eux, vaquant à je ne sais quelle occupation. Je me suis assise dos à la roche dans la fraîcheur de la voûte aux parois multicolores, un enfant de chaque côté.

Je ferais bien de dormir un peu.

Yél a accompagné Ali et William jusqu'à la sortie du *sik*, il surveille leur remontée le long de la barre rocheuse jusqu'au passage qui ouvre sur l'ouest.

Il veut que nous restions ici en attendant la nuit, parce qu'il a quelque chose à m'y montrer.

Même jour,
tombée de la nuit.

Dans moins d'une heure nous allons partir, retrouver notre petite vallée. Je griffonne encore sur mon carnet pour poser mes idées, ou plutôt pour ne rien perdre de celles de Yél.

Il m'a raconté la mort de Nathalie.

Quelques jours avant de décéder, elle était sortie de son coma, mais elle n'entendait plus et avait beaucoup de difficulté à s'exprimer. Yél était désespéré. Il avait tant de choses à lui dire, tant besoin de l'entendre. Elle était lucide, là, devant lui, consciente et pourtant pratiquement hors de portée. A un moment, elle a répondu à une question qu'il se posait en silence. Il a cru avoir parlé, que les mots étaient sortis de sa bouche sans qu'il s'en aperçoive, il était si fatigué. Mais non, elle répondait à sa pensée. Elle répondait à sa pensée lorsqu'il parvenait à se concentrer, à faire taire le brouhaha de son mental. Alors il s'efforçait de toute son âme de tenir lisse le flot de ses émotions puis il ne laissait pointer qu'une pensée, qu'une question. Et Nathalie répondait avec sa bouche, avec des sons. Syllabe après syllabe, il a compris ce qu'elle tentait de lui dire. Elle n'avait plus peur de mourir. L'expérience du coma n'avait rien à voir avec le silence du néant. Elle était capable d'entendre ses pensées, elle avait marché dans d'autres réalités, l'univers est riche d'un nombre infini de plans, et le temps d'infinis présents.

Il lui a donné la main, elle a souri une dernière fois. Il a fermé les yeux lorsque le regard de Nathalie s'est éteint. Il s'est noyé dans une prière dont il n'avait pas les mots, et soudain, dans l'espace de son esprit, il a vu Nathalie.

Il voyait Nathalie gravissant un chemin, et il y était lui aussi, il lui donnait la main. Oui, il continuait à marcher à côté d'elle jusqu'au moment où il n'a plus pu.

Elle l'avait emmené marcher entre deux réalités.

En début d'après-midi, les enfants s'étaient assoupis, Yél m'a demandé si je voulais le suivre, si je me sentais prête à le suivre. Sans hésitation je lui ai répondu oui. Je lui ai donné ma main et il m'a entraînée dans une cavité un peu plus basse dans le *sik*. Nous ne pouvions pas nous y tenir assis tellement le sable avait englouti cette salle que des mains rudes ont dû passer des mois à creuser il y a plus de deux mille ans. Nous nous y sommes allongés côte à côte. Le plafond était à vingt centimètres de mon visage et je n'ai pas pu réprimer le frisson qui a parcouru mon dos. Je me couchais dans une tombe.

Yél me rassurait. La tombe n'est qu'une porte, qui marque l'entrée d'un passage. L'esprit s'y déchausse du corps pour étendre son voyage. Il n'est pas nécessaire de mourir pour l'expérimenter. A Pétra, les Nabatéens ont sculpté à même la roche des façades monumentales, dignes des plus belles cathédrales. Des touristes du monde entier affluent pour les visiter, mais, une fois le porche passé, ils se retrouvent dans le vide d'une salle de petites dimensions face à la roche nue.

Le portail ne s'ouvre pas à celui qui ne le perçoit pas.

Yél s'est mis à murmurer lentement et l'air sous la voûte striée s'est animé d'une vibration qui rendait de plus en plus dense le souffle dans mes poumons. L'air devenait liquide. Le rythme de son chant s'est accéléré, devenant entêtant. J'avais l'impression que deux mains invisibles pressaient ma cage thoracique. Je n'étouffais pas, non, mon corps tout entier semblait peser plus lourd, la gravité plus intense, repoussant le sable hors de la salle, repoussant le sable hors du *sik* comme si le temps voulait couler hors du sablier.

Oui, la salle se vidait peu à peu, et je découvrais avec émerveillement ses dimensions, la somptuosité des décors de marbre et de stuc travaillés. J'étais debout, Yél me tenait la main, il m'a invitée à avancer hors de la tombe. Et des personnes autour de moi marchaient, des hommes, des femmes, et tous leurs gestes étaient calmes. Ils se dirigeaient vers le fond du *sik*, j'ai suivi Yél qui m'y entraînait. Un attroupement silencieux se formait devant la salle la plus haute, celle où nous avons trouvé refuge avec les enfants. Je découvrais l'intégralité de ses volumes. Une cérémonie y avait lieu. Autour de nous, c'est à peine si les bouches étaient entrouvertes, et pourtant un chant vibrant épaississait l'air entre les parois de pierre. Je ne discernais pas nettement les traits des visages mais j'avais l'impression de connaître tous ces gens, ou l'impression que je les connaîtrais dans un autre temps. Les chants qui s'amplifiaient, se mêlant à leurs propres échos rebondissant entre les parois de pierre, m'étourdissaient.

Lorsque j'ai rouvert les yeux, j'étais à nouveau allongée dans la tombe ensablée aux côtés de Yél, mon visage à vingt centimètres de la voûte striée.

Rien ne semblait avoir changé, rien.

Pourtant je n'avais pas rêvé.

La réalité que j'éprouvais tout à l'heure sous la conduite de Yél était plus dense que celle que je ressens en ce moment, en écrivant.

J'ai marché avec Yél dans un autre temps.

Oui, comme lorsque j'ai suivi le serpent épais au mouvement lent. Il ne nous avait pas éloignés des combattants dans l'espace mais dans le temps, nous marchions dans un autre présent.

Le temps est riche d'infinis présents. “Et notre vie d'infinies réalités, Magda, d'infinies réalités.” Et j'écoutais Yél dans la fraîcheur de la tombe.

Jour de la reddition + 32,
fin d'après-midi.

Nous avons marché plus de quatre heures dans la nuit avec Yourab et Nabi pour rejoindre notre petit rift. Dans l'obscurité j'ai eu du mal à reconnaître le chemin. Je ne suis pas dupe, je n'ai plus les mêmes repères. Je n'ai eu qu'à suivre Yél.

Aral nous attendait.

Yourab et Nabi étaient si heureux qu'ils ont réveillé les petits. J'étais émerveillée de leurs sourires. Ils riaient tous et nous couraient autour à m'en donner le tournis.

Les visages apparus autour de Yél et moi dans le *sik* sont revenus à mon souvenir. Certains m'avaient semblé familiers. Etaient-ce ceux des enfants qui auraient grandi ? Ai-je entrevu le visage des adultes qu'ils deviendront ?

Le temps est-il à ce point une vue de l'esprit ?

Jour de la reddition + 40,
coucher du soleil.

Voilà une semaine que je suis de retour, les jours dans notre petite vallée s'écoulent en paix. Ali nous a rendu visite. Il a pu rejoindre avec William le poste sanitaire sans encombre. Autour de nous la tension est grande, de nombreux Irakiens ont été arrêtés. Mais, selon lui, nous n'avons rien à craindre, le chemin du rift est pratiquement invisible aux yeux de la conscience ordinaire.

William, afin de nous protéger, a déclaré que, lors de notre rapatriement, les véhicules de sa patrouille avaient explosé dans le champ de mines, qu'il était le seul rescapé. J'ai été enregistrée comme portée disparue, les enfants, eux, n'étaient pas recensés.

Je suis morte sur le papier.

Est-ce cela s'élever vers un autre temps ?

Disparaître d'un plan, naître à un autre.

Qu'est-ce qui nous pousse à un tel voyage ?

La fuite ou la curiosité ? La peur ou l'intelligence ?

Peut-être simplement la nécessité. Celle, à un tournant de notre vie, de sortir du champ de nos propres mines.

Tout à l'heure, j'ai laissé Yél et les enfants pour partir marcher seule sur le versant d'en face. Je me suis assise le dos à la pierre et je contemple les restanques que nous avons travaillées. Elles sont plus verdoyantes que jamais.

Le soleil va bientôt se coucher.

Je l'ai fixé les yeux grands ouverts pour boire toute sa lumière. Sur le fond de mes rétines il a laissé ses empreintes éphémères.

Sur la page blanche que je regarde pour écrire, il dessine.

Je ne relèverai pas les yeux de mes lignes avant que l'obscurité ne soit pleine.

Je ne crains plus le noir, ni les ombres.

Où que j'aille, je saurai guetter le serpent épais au mouvement lent.

REMERCIEMENTS

Je tiens à remercier mon époux, mes deux filles et mes grands-parents qui me soutiennent et m'entourent au quotidien. Un grand merci également à Nicole Santoro et à Christophe Forgeot qui ont encouragé et éveillé mon écriture, ainsi qu'à Marie-Ange Campoy et à l'équipe de l'atelier d'écriture de Saint-Mandrier-sur-Mer. Merci à mes correcteurs de la première heure, Christine Villard-El Melouki et Xavier Huboud-Peron. Sans oublier les acteurs directs de la concrétisation de mon rêve : Marie-Louise Gourdon, les membres du jury et du comité de présélection du prix de l'Inédit, ainsi que l'équipe éditoriale d'Actes Sud.

Merci à vous tous.

Contact : v-langlois@hotmail.com

OUVRAGE RÉALISÉ
PAR L'ATELIER GRAPHIQUE ACTES SUD
ACHEVÉ D'IMPRIMER
EN OCTOBRE 2007
PAR L'IMPRIMERIE FLOCH
A MAYENNE
POUR LE COMPTE DES ÉDITIONS
ACTES SUD
LE MÉJAN
PLACE NINA-BERBEROVA
13200 ARLES

DÉPÔT LÉGAL
1re ÉDITION : OCTOBRE 2006
N° impr. : 69302
(Imprimé en France)